清晨鱼市与深夜书桌

林楷伦——著

偽魚販指南

中国出版集团
中译出版社

鮮

41 31Kg

目录

推荐序

我把金目鲈鱼香煎得更香酥脆皮了

王浩一

台湾作家

随兴开卷，尽兴掩卷。阅读《伪鱼贩指南》[1]毕，书本阖起，一些情绪尚未消化，起身到厨房准备晚餐。今晚主菜是过年前躺在冰箱的屏东金目鲈鱼，我打算油锅香煎。

鱼洗过拭干，敷上薄盐，还躺在砧板上。锅子已经开始热了，我忍不住学着书里阿伦在“选鱼的诀窍”里，他当女友的选鱼教练时的基本心法，“手伸出来，比个赞……你摸向我大拇指下方的肉丘……记住这个感觉，这就是新鲜的鱼的触感。”我多按了几下鱼身，确认它如同大拇指肉丘僵硬、带有弹性……新鲜耶，可以期待今晚的佳肴。

关于香煎鱼只如何不沾锅，保持完整，不要起锅时残破不堪、惨不忍睹，我有窍门：一确实解冻，二清洗后一定拭干，三先大火后中火，切记不要频频翻面；四煎第一面时，要盖锅，翻面后则绝不能盖锅。如此即可让鱼片焦香酥脆，有职人水准。

出版社来信询问可否帮忙写序？信里资讯不多，草草看过，直觉这是一本海鲜料理美食书……嗯，这个素材我无法驾驭。实话说，能明快辨识的鱼种不超过二十，我承认站在鱼摊前我是手无寸铁的盘子，虽然书架上有不少关于鱼虾图鉴、海鲜料理书本的收藏，但我能说嘴的仅是：可以煎得秀外慧中的土鮀鱼、二十八秒爆烤乌鱼子、麻油煸姜炒白虾、如何煮出最好吃的酒蒸蛤蜊……之外就羞于见客了。写序？出版社应该所托非人……

1 《伪鱼贩指南》：本书原版书名（编者注，以下无特殊说明，皆为编者注）。

书稿寄来，我才知道误会大了。《伪鱼贩指南》不是美食书，而是鱼贩阿伦非虚构的文字创作。过去我多流连菜市场的小农，书写蔬果的栽种，见多识广也深谙食材挑选，甚至动手料理也有几分把握，但是这本书写的是鱼贩第一人称的经验，我眼睛一亮！

我擅长在菜市场观察，也善于发问重点与眉角，这是多年来走访各地无数大小市场训练有素的能力。但是，市场里海鲜鱼贝类摊位多仅仅拍照，便匆匆离去，刚刚问过的鱼名，两三步后就忘了，虽然好奇广泛的鱼食知识，但是我有自知之明，对于鱼贩仅能敬而远之。作者在《伪鱼贩指南》中所描述的全部是我陌生又渴望知晓的，渔获知识深入浅出，鱼贩们的工作内容、日常、行规、生态，尤其他们海洋咸味、黏滑微腥的生活样貌，甚至阿伦三代鱼贩数十年传承下来的温馨与无奈、骄傲与挣扎，令人感动。

书本好看，因为鱼贩之子的自白，有泪有笑有自适。书本耐看，因为作者也书写出那些买鱼的人家，在闲话之后他有臆测、有想象、有憧憬的别人家生活故事，充满体贴的文字，代表他的善良。字里行间阿伦娓娓说着自己的故事，他的爱情充满着有趣的鱼味，他的祖父有那个年代的温润，他父亲的问题则是他的抉择与改变。

作者的文字非常有画面，每阅读一则故事，都像一出《我在鱼市场待了一整天》连续剧：摊贩前买卖双方的双人舞，同行之间的协力或是较劲，深夜作息的无奈与奋起，作者与女友（太太）互动的鱼故事，成家后转成餐厅鱼货供货商的大小事……哦，还有鱼贩的职业病。每看完一则，有趣好笑之余，总有窥探到生活里那些阴影不扬的角落，令人深思低回。

努力生活的人，他们的故事总是令人感动，身为鱼贩的故事能够说得这般敞亮通透，则多了不可思议的灿然与悲喜。当作者把身边人们的个性，以所贩售的各种鱼类来分析，戏称“鱼之占卜”，那是对生命释怀与坦然的领悟。我以为阿伦，可以称他“鱼的哲学家”，清澈生命，勤奋却不怨天尤人。

辑一　身为鱼贩

身为鱼贩

阿公跟爸都说以后不要卖鱼，好好读书。

后来爸只说，记得要帮家里，要好好卖鱼，没有再提好好读书。

小时候常有人说我很聪明，爸妈会问我要做医师还是律师，怎么样都想不到最后会去当个鱼贩。

我是鱼贩的第三代。从小，餐餐都有海鲜，肉类、菜类可以随便吃，但对于海鲜，家族的人一个比一个嘴刁。没有人爱吃养殖的吴郭鱼[1]，甚至将海鱼分成各种等级。幼年的我最喜欢吃白鲳，那时还没有进口冷藏鱼，煎熟的冷冻白鲳，还小的我夹起鱼肉一定会散开，难以夹成一块。长大之后才知道，冷冻的白鲳得轻轻夹才能成块。

散开的白鲳鱼肉，我不吃，不只碎碎散散的难看，也

1　吴郭鱼：即台湾鲷鱼。

吃得出细微的腥。

国小[1]营养午餐的肉鱼，我也不吃。“营养午餐的肉鱼有腥味，不好吃，我家卖鱼的。”我跟老师说。

卖鱼的孙子，理所当然。

国中[2]前写过几次“我的志愿”，从太空人、市长到短跑国手，甚至写要继承爸的泡沫茶饮，就是不曾想过要当鱼贩。那太没有雄心壮志，就算我不讨厌鱼腥味，但当鱼贩这志愿太小，小到写出来分数会很低，还会被笑赚不了什么钱。

跟下了班的阿公撒娇拿零用钱，他会从干干的抽屉抽几张一百。阿公的纸钞潮湿，味道像是老旧铝制水壶中沸腾的水。纸钞吸附了蛤的壳味、鱼的腥味，那时我便知道钱的味道有很多种。

爸从右边口袋拿出来的钱是一折蓝蓝红红，最内凹是红色、绿色的百元钞，中层是五百元，外层是只有在我跑腿时才拿过的一千元。我最喜欢拿绿色的一百元钞票，爸的钱是古龙水味，妈妈的钱偶尔有白麝香味，偶尔有向日葵香水味。他们在故乡开了家泡沫红茶店，都市开了两三家。

爸妈每天都在都市里忙到深夜，曾有几次带我去都市

1　国小：即小学。

2　国中：即初中。

的店。那年代的年轻人没有手机，只有 BB Call。泡沫红茶店会有一两台投币式电话能打 BB Call 或家用电话，我就坐在年轻的工读生姐姐腿上，听工读生姐姐喊谁谁谁外找、谁的电话，或是帮姐姐写下电话另头交代的回电号码。姐姐身上是洗发精的味道，我以为那个世界很香，香的不只是味道，还是整齐的钱能凹成一折，不是阿公湿湿皱皱的钱。

爸的生意顺风顺水，国小二年级的我问他，一个月能赚多少。他说七十万。

爸的情绪在周二、周四特别波动，有时高兴到分我一张蓝色的千元钞，有时安静不说话。那时还未普及的有线电视，爸早早就装了，并在晚上十点看着卖药的频道（那年卖药总是腥膻色，后方的伴舞小姐都穿很少，我很喜欢看）。平常不会看这台的他，周二、周四一定看，里头的主持人说，肉猪一五、吴郭鱼三〇、鸭二一……起初我还傻傻地说，吴郭鱼这么贵喔？爸就笑说，对呀，我猜中了呀。几次吴郭鱼崩盘又涨起来，我跑去问阿公，阿公说，吴郭鱼一公斤三十元不太会变。我又跑去问爸，他才说是猜数字游戏。

那种猜数字游戏，一次输赢几十、几百万。

一个月赚七十万的他，还有赚吗？

刚开始爸妈在都市开店，平日晚上偶尔会见到他们回来，假日也会带我们兄弟去都市吃饭。但数字游戏玩久了，平日不再回来，除非我要月考，求爸教数学，他才回来。他以为我真的不会，请了家教，他们更不回来了。

后来，数学从装不会，变成真的不会了。

我不会算月入七十万怎么可以玩到离婚，玩到三四家泡沫红茶店收店。

国小四年级，爸那些赌博的破事被发现，巨额债款无法还清，阿公拿出银行的存款还了一大部分，我以为爸会回来卖鱼，会在家当个乖儿子。

爸回来了，他顾着故乡的店，但周二、周四的八点，他会躲在自己的房间看半小时的电视，蓬莱仙山、信吉那些电视台报起中药的价格。他还在游戏，国小四年级的我与三年级的弟弟在楼下顾店，怎会有客人光顾？都市的店则交给十六岁便想着帮爸的大姐全权处理。爸嘴上跟阿公说要去都市工作，却每日都在家。

过了两年，赌债又爆了一次，大姐将店顶掉。爸已无借口说自己要去都市顾店。

我国小六年级，爸回家帮忙卖鱼，晚上顾泡沫红茶店。我跟弟弟在八点前一定会写好功课，七点五十分，爸就会打通内线电话说自己很累，叫我下去顾店。

他很累。

隔年“九·二一”大地震，震掉了人气。台湾开始流行外带手摇饮，手机、网际网络兴起，人们不再需要到特定的地方社交。阿公叫爸接下鱼摊，清晨批货，又叫爸把

泡沫红茶店收一收，认真卖鱼。

爸偶尔会敲我跟弟弟的房门，说他今天中了多少，偶尔拍击地板。那时我怎没问他赔了多少呢？

他那时最常跟我说：“很累，需要人帮。”在“九·二一”大地震后，住了一个月的帐篷里说过，回家了也说。私立国中一年级的期末考后，我的数学不再好，暑假辅导的调查单上，他勾选“无须暑假辅导”，下面的理由栏位写：帮忙家中事业。

我再也没有假日。我必须帮忙，需要分担家庭经济的责任，我知道。

爸每天都在家，与我们一起在阿公家吃饭。他不吃隔夜菜，只要是他特别喜欢吃的，阿嬷就会煮特别多。爸夹起吴郭鱼，说有土味，他自己拿回来的白鲳，也说很腥。他吃饭不会准时，都得拨通电话叫他吃饭，“再等一下，牌还没算好”，他说，“算好便会回家吃饭”。

本来只有周二、周四，台湾彩券的大乐透开卖后，变成周二、周四、周五，再后来换玩五三九[1]，变成平日每天。

他说他一天花一千多，他说鱼摊能赚十万。

我的数学不好，以为十万减个四五万还可以。以为他

1　五三九：即今彩五三九，台湾地区的一种彩票。

只会赌这样。

以为自己更认真卖鱼，就能让生活变好。

每个周末，我顾起鱼摊的蛤、蚵、鱼，摊位上的鱼我只认得白鲳、肉鱼、吴郭鱼。我问爸，爸叫我问阿公。

阿公拿起冷冻与现流的白鲳，教我看背上的蓝色与鳞片上的微微虹光分辨鲜度，教我从鱼鳍鱼尾分辨不同品种的白鲳：鱼鳍长且鱼尾如剪刀的，是正鲳；体色偏灰、鱼鳍短的是暗鲳；鱼鳍、鱼尾短短，鳍边形状如流苏是斗鲳。他问我哪种好吃，我说正鲳，暗鲳与斗鲳偏软。阿公称赞嘴刁的我，又拿起白口与黑喉。

每个周末不去私立国中的辅导课，在鱼摊上生物课。虾不选红头，小卷不选红身，春末吃海蛤，养殖蛤不选脱皮，台湾蚵不能卖绿肚。这是阿公鱼摊的第一学期。

没有生来就会卖鱼的人。阿公说卖鱼要学，学一辈子。

爸说卖鱼要学，学一下子。

他们都说以后不要卖鱼，好好读书。

周末卖鱼很累，上课变成放假，同学说你都不用假日辅导真好，我回说要不然你来卖鱼？“才不要咧，很臭。”对，很臭。我闻到我的前臂仍有鱼的血味。当他们这样回时，我会将手掌捂住同学的嘴说：“很臭吗？”“手拿开”，他说，“臭死了。”接下来都是国中生的垃圾话。

国中时，在鱼摊的工作是把鱼拿给阿公称，或是按按磅秤跟客人说价钱，没多做其他的工作，因为我不想当鱼贩，不想多踏一步，踏到杀鱼的台前，拿起鱼刨鳞，用剪刀剪开鱼的皮肉。这些都不想做，我没有说出口。

“你是鱼贩之子啊，得努力一点，不管你是单亲还是什么，你要为你的身份争一口气啊。”当时的导师这样跟我说，埋入了什么责任又什么身份的。我的成绩还过得去，便没人管我要不要出席假日辅导。我的假日起得比上课还早，在空荡无人的清晨市场等到热络，像上课钟响，只不过我是鱼摊上的学徒，被人叫喊。

“很爽喔。”同学常在礼拜一对我说。我又闻了我的手掌。

只有我缺席的假日辅导，教室的空气好了一些。

“干么卖鱼啦？”脸素净、头发抹上发胶的男孩问过我。他约我出游，我不曾说好，每次都说要帮家里。“真的很孝顺啊你。”我笑笑无语。我与他在某个假日午后出游，忘记去哪了，只记得没睡午觉的疲惫让我的脸涨红，天色都没暗，就说我要回家了。

久了，就没人问也没人约。甚至毕业典礼那天，也没人问我下午要去哪。往我家方向的站牌，无人等车，对面往城市的站牌，排满了同学，没有一个人向我招手。他们坐上一班车，另一群再坐上另一班，直到我等的公车来到。我坐在最后一排五人的座位，中间只有我一人。

我睡了又醒，熟悉的路，醒了又睡，直到过站。走了回去。

就算要大考了，前两个礼拜我还站在摊位前招呼客人，缺席卖鱼还会觉得愧疚。我以为我有想过未来，以为我念了较自由的五专[1]，选了医事技术系，考上证照成为检验师，未来便能离开鱼摊。但五专的课程更松，我刻意排出早上空堂、下午满堂的课表，空堂时，在鱼摊自学鱼之解剖学、鱼类辨识课。

我站在鱼摊，拿起一尾尾冰冷的死鱼，称重刨鳞杀肚，换取更多更多的家庭奉献。

常有客人说我很乖，我不知道要怎么坏。早上起床穿

1 五专：即台湾五年制高等职业教育，招收初中毕业生，修业五年，获副学士学位。

起雨鞋，橡胶的雨鞋闷困了脚，长袜勒紧了腿。久了，腿上有了一圈的黑线。那一圈腿上的黑线像卡在网缝间脱鳞的鱼体。

中午换穿球鞋，上起自己毫无兴趣的微生物学和化学，觉得人生不能这样虚耗，却耗了五年。五专毕业后，转学考上北部的大学。刚上大学，阿公与爸又说周末没人帮忙，能周周回来吗？

怎会说不能。半年后，周周台北、台中来回好累，转回故乡的大学。早上没有课程，下午满堂，“正职卖鱼，读书像放假”，我都这样自嘲。那时，我已经能独当一面站在鱼摊前，招呼、买卖、杀鱼，只差没去批货了。

“还要学什么吗？”我问阿公。

“不用了，学批货要过一阵子。你还要读书吗？”他回。

“要。”我说。

他说，记得要帮家里，要好好卖鱼。没有再提好好读书。

他说起我爸，说没两句，又不说了。他们叫我要帮家里，叫我得扶住家，撑住这颓败的墙。多一个人撑住，一动不动，墙至少不会倒塌，就算不能遮风避雨又如何。

爸只记得在每个周五夜晚传 LINE[1] 过来，说明早还要

1 LINE：台湾地区常用的聊天软件。

工作，叫我早点睡。

一如往常，就算我已经在学业中找到喜欢的事物，甚至有未来的美好模样。五专毕业两年，转学考了好几间学校，用五专学历考了研究所，但爸对这些毫无兴趣。他的债务缚住阿公与一整个家。

“你要好好读书，别跟那个哥哥一样卖鱼喔。”站在摊位前，有客人这样说过。

“对啊，要好好读书喔，别像我一样读交大喔。”一时嘴贱回了客人，客人就此不再来。

他不知道，我就算好好读书，还是得卖鱼。

在我放弃研究所的那天，我告诉了他——我爸。

他只说要卖鱼，读那么高干么？

那年过年，我开始学习批货，不再读书，忘记自己曾经有过的梦。

成了鱼贩。每天凌晨穿上雨鞋，直到下午，脱下雨鞋与长袜，忽然解放又袭来酸痛和更深更深的睡意。

我以为洗去身上的鱼味，穿上怎样的服装，便能变成怎样的人。但作为鱼贩，是黏着在皮肤上的鱼鳞，没有感觉便嵌在那，觉得痒的时候想拔下那些鱼鳞，才发现体肤已经有不一样的颜色了。

凌晨两三点的高速公路，没什么车，通往那时最热闹的地方——鱼市。嘈杂到嗓门加大，气味纷杂，闻不出鱼臭，千百盏灯照出的世界已无黑暗。我下了货车，踏入潮湿，边走边点头或是捶打他人手臂，几句脏话，都只是招呼。当我习惯这些生活，我就接受了自己是名鱼贩。鱼贩中，有几个跟我相似的年轻人，有老派如阿公的人；有几个会让人想起谁，有几个是他自己的模样？

“读那么高，干么卖鱼啦？”又有人问我。

我更难回答了。“只是工作。”我说。

接下鱼摊时，吴郭鱼一公斤六十元。阿公中风在床，我仍在卖鱼，变了一些，但爸仍然在赌。没人问过我喜不喜欢卖鱼，我却每日每夜地问自己：不喜欢又能怎样？

卖鱼卖鸡卖肉不太会成为志愿，也非我志向，非我所愿，但要找个支撑住“家”的方法，便是直挺地站着喊：人客来喔，鱼很新鲜喔。

又几年后，阿公死去，吴郭鱼一公斤七十元。台湾的白鲳越来越少，冷冻的白鲳不复见。我仍然卖鱼，但离开了原生家庭，不在鱼摊。装睡的人叫不醒，爸仍然在赌。为了我的儿女，我得离开。

回想最后一次写我的志愿，幼年的我想，我的志愿是我爸那折现金，但不能这样写，老师会骂。“想当商人，像爸那样的商人。”好险，志愿没有成真。

现在我会吃冷冻的白鲳了，我会轻轻地夹给儿女和自己。我们都吃过现流的白鲳，所以知道冷冻白鲳不好吃。

变成称职的鱼贩之前，我学会了什么工作令我厌恶，同时学会了什么令我向往。既然不爱的、讨厌的都能做好，那还有什么不能做呢？我这么想。

没有出生就会卖鱼的人。没有什么东西，不用学一辈子。

身为一名鱼贩，我很努力，很努力了。

竞标

竞标鱼货常常就只是为了面子。

那天，竞标一口气喊到第八回合，不见人倒下就不有趣……

在冷藏处理场分类好的鱼货，一篓篓被推向拍卖场。

鱼货的竞标是这样的：现场有处理场、拍卖场、竞标处，分别以铁网分隔，阻止鱼贩偷换鱼或是与货主串通、私下交易。等待拍卖时，鱼贩们会靠在铁网上，看今天有什么货，类似在动物园看动物，反过来也很像等待喂食的动物。

每个渔号都有个按标器，以计算机处理明标，明标的游戏规则是：每按一下按标器就表示一公斤涨五元或十元。涨到不合理的价格时，会持续竞标的人，不是疯子也不是傻子，他们就像是打了漫长回合的拳击手，每按一下都是给对方一拳，双方拳来脚往。

吵死人的鱼市，在出现炒过头的夸张鱼价时，现场只会听到两三台机子按键敲打的声音，先退出的人就在一旁等着看好戏。三国鼎立，退下的那一国，就会说剩下的两国是白痴。

这天，两边角落都是熟面孔，丸ㄚ[1]跟丸ㄅ[2]。

两家商号也不是说一定要这一件鱼，那只是场躲不了的对决，是就算自己没得到，也要尽其所能地填价、让对方受伤的战场。每个人都知道那价格太贵，是怎么卖都赔钱的生意，而有时想弄别人，一不小心就换自己得标。

关于竞标，认真就输了。

台湾中部最热门、最抢手的鱼是白鲳、午仔鱼和肉鱼，这些鱼种不会在最早的拍卖出现。竞标在凌晨三点开始，那时太早，有一半的鱼贩都还没到，有些甚至还没醒。这时如果标起热门鱼种，价格不会漂亮。三点到三点半的鱼总是些杂鱼，如果当天没有杂鱼，好鱼也会拿出来标，这时早起的鱼贩就能捡到些便宜。但近几年渔获量减少许多，拍卖的时间愈来愈短，以往四、五点还在热闹拍卖，如今

1　ㄚ：汉语注音符号中的韵母，发音同汉语拼音中的a。

2　ㄅ：汉语注音符号中的声母，发音同汉语拼音中的b。

天还没亮，地板就都洗好了。

想标到热销的鱼，要不和参与早盘的批发商打好关系，要不就自己早起。我选前者。像我这种晚上十一、二点才睡的人，要我两点起床太难，能多睡就多睡点。然而，早起的贩仔有鱼吃，跟不上早盘的我，总得跟一堆人竞争。鱼少贩仔多，价格就涨。

一件肉鱼没几尾，一般的市场行情大约是一公斤四百。在某个无风无雨更无鱼的春天，创下了一公斤两千的天价纪录。纪录创下时，丸丫的红字特别亮。有人当下就笑说买太贵，肉鱼都比白鲳贵了，丸丫的老板只说是帮鱼贩代买的，那鱼贩指名一定得是现流的肉鱼。

这肉鱼的天价，是为了争一口气。

竞标常常就只是为了面子，鱼市每天早上都会上演。丸丫跟丸ㄅ，市场内两个最大的批发商，手持竞标机，将手举得老高，就只是为了让讯号更快到达接收器，拇指不断地按着竞标的按钮。有时会想，怎么不开发个连发键给他们，看他们按到都快抽筋，有连发键就能快速抬价，或杀对方个措手不及。其实还真的有人曾经自己回家动手脚，装了机关在竞标机上，也因此鱼市后来会在休市时把机子收回。

为了争一口气，就得认真按到底。那天竞标一口气喊到了第八回合，过了天价一公斤两千。这时喊十元、五元已经激不起情绪，我们都变成第九回合的观众，不见血、没人倒下就不觉得有趣。丸丫一次跳一百九十五，直接喊到一公斤两千一百九十五的价格。观众等的是整数两千二。

丸ㄅ会不会喊?

一秒、两秒、三秒，竞标机的按键没有嘎嘎声响。投影荧幕的肉鱼字眼外框翻红，游戏结束。丸ㄅ直说自己的机子没电，丸丫说要不然重来，三篓内这篓都可以重拍啊。丸ㄅ没回话，但笑得很开，我们都知道他只是想捉弄丸丫。

拍卖员问在场的鱼贩们，要往下一件拍了吗?

“等等，照相还没照完。”一公斤两千一百九十五的肉鱼，现场像是股市创新高的那刻。下一件开始，尺寸小一指的肉鱼，一样闪烁出紫蓝光，丸ㄅ没电的机子还能狂按，丸丫还在拿着那篓天价肉鱼跟一旁的朋友合照时，丸ㄅ以一公斤一千一百元的价格得标，一次将所有的肉鱼全扫下。

不管是一公斤两千一百九或是一千一百都太贵了，没有鱼贩要买，丸丫跟丸ㄅ都问我要不要。“肉鱼买那么贵，神经喔。”我说。

那篓肉鱼的天价照片，传遍渔人的群组，说我们这些台中鱼贩很疯。

确实很疯。吞不下那一口气，买下去就对了。

背骨仔

那些存了钱便另立商号的前员工，一律被戏称为“背骨仔”。

全仔决心削价跟丸美大姐比拼，却又彼此拼出了默契。这就是藏于鱼市的人情义理。

原本是员工，存了二三十万就离职创立商号——老板都叫这种人“背骨仔”。

买卖鱼货除了选鱼之外，没什么诀窍，有钱便能当批发商，最难的是如何将熟客抢走。在鱼市批发鱼货的商号，约莫有七成都是家族事业，一代传一代，连客人也是。我刚刚接下家中的鱼摊时，阿公总会问我：“有没有跟丸美、丸ㄅ买呀？”如果我回没有，不管原因是价格比较贵或鱼不漂亮，阿公都会说他习惯交易的那几家比较有诚信。

说穿了，诚信就是感情。只有价格能破坏熟客与原本商家的感情。

“你家全仔，出去做了喔？”我问卖养殖鱼的丸美大姐。

“别提那背骨仔啦。”丸美大姐说得大声。

“阿伦，你来跟我交关，算你五分[1]就好。”摊位在对面的全仔直接喊我过去。

“新开幕，算五分就好，来喔。”

他继续说十尾午仔鱼每公斤多少多少，我只是微笑点头，怎样都不能过去。

“靠北啊！”丸美大姐将手上的空鱼箱摔在走道上，细碎的冰散落地面。没人敢走过去，踩着细碎的冰容易滑倒，务必慢行。

“五分，五分啦。”全仔喊着，一些全仔熟识的面孔，不敢靠近。那些人看着全仔，看着丸美大姐。

冰变成水。

走过去的人，总两边都看，大多还是跟丸美买。有几个白目会跟丸美说“对面才五分捏”这类的话，丸美大姐就大喊：“背骨全仔，你的人客啦，五分ㄟ[2]啦。”

喊久了，全仔被人称作五分全仔。

1　五分：批发商卖鱼一般会抽鱼价的百分之七，行话叫“灌分”，扣掉清洁费、鱼市税金，批发商实收约百分之四。灌五分，就是收取鱼价的百分之五，百分之二的价差由批发商自己吸收，批发商实赚百分之二（原注）。

2　ㄟ：汉语注音符号中的韵母，发音同汉语拼音中的ei，此处作语气词，为台湾人日常表达中惯用的非正式用法。

“五分是要赚什么啦，全仔？”在我车边遇到全仔，我问他。

“一口气啊。”

我没多回，我知道这样做不长久，但我现在连一根烟都在考虑要不要请他。“呷烟啦！你跟丸美讲一下啊，要不然你避开她卖，五分实赚两分，鱼市抽的都比你赚了。”

这些全仔都知道，今天给人五分，明日难回到七分或是十分的利润。

“鱼市就抽三趴[1]，你赚两趴，赚个懒趴。懒趴再扣清洁费，你剩一懒趴。”

“知道啦。别念了。”全仔将烟屁股弹入一旁水洼，一下灭了。

“你的 LINE 啦。”他摇起他的手机，我也一起摇，但都感应不到对方。我扫了他的 QRcode[2]，他的头像上写了“丸全商行”，下面写：开幕都五分喔。

“我再 LINE 你，你这样比较好订。”全仔说。

全仔不时传来早安分享图，和一些我看到很腻的鱼照，时不时就问：“要不要？”

1　趴：指part，“三趴”即3%。

2　QRcode：即二维码。

他的鱼价便宜丸美一些，一公斤便宜十元、五元。全仔还跟群组的人说可以月结，不用到摊位上，直接送到车，甚至连免费杀鱼这种烂工也做。

这样做当然会有生意，只不过都是一些烂咖。

“全仔，四分啦。我去你的摊位自己搬，让丸美看，看我是你的人了。”烂咖 A 说。

“靠北，毋通啦。”我回，顺便传了个熊被冰包住的动态图。

“来，拢来。”全仔秒回。我那只熊的冰都还没融化，又结冻了。

“来喔，贪俗的拢来喔。”烂咖 A 与烂咖 B 不断叫喊，全仔的摊位围满了人。我们是嗅臭的蝇还是嗜血的鲨、吃甜的蚁呢？都不是，我们是嗜排队的台湾人。一箱箱的午仔鱼、红鸡、金鲳、黑格，都贴上印有丸什么的商标单子，没多久，摊位前只剩下空的保丽龙箱。

“阁来，全仔再去买，阁来。”这种卖法，不管全仔买什么，都能卖。

全仔跑去澎湖鱼区，看着龙占、青石斑开标，他喊太贵太贵，旁边的烂咖 A 说：“我买，我买。”拿了全仔标货的机子，买下许多件，贴上商标单，叫全仔将这些货搬回去他们的车上。

“哎，你买这些他才赚一趴，还要搬？”我说，全仔在一旁比嘘。

全仔推了一车又一车，直到澎湖鱼区结束，轮到东南亚进口鱼开始竞标，他请烂咖 A 帮他买几尾土魠[1]。烂咖 A 指着七八尾土魠，跟标手说：“一次来。”

这种标法确实容易得到低价，因为没有人会一次买八尾土魠。但那次土魠的价格非常高，从一公斤三百开始，不断加价，直到每公斤六百五才停。

得标人依旧是全仔。

烂咖 A 看到这价格，在那里大笑，大喊：“阿美啊，你很凶耶，一辈子没买过土魠喔？为了一口气跟全仔标成这样。”

丸美大姐对烂咖 A 比了中指，说：“不是我啦。”

那八尾土魠躺在地上，我摸了摸每一尾的肚子，有些硬，有些软，软到甚至多戳下去就肚破肠流。我铲了几勺碎冰，盖了冰棉被在土魠身上，冰一下就融化，流出了咖啡色的肠液与暗红血水。

1　土魠：即马鲛鱼，又称鲅鱼。

接着是东南亚进口鱼区，继续标着一只只铁箱，打开便有漂白水味或腥臭味，有人会标去做成饲料，有人会买去交给自助餐店炸。就是没人会标一公斤六百五还烂掉的土魠。

等到什么都没了，全仔推着推车问：“烂咖 A 咧？”

烂咖 A 把标货机交给我，人早走了。全仔将八尾土魠一尾尾放上车，搬到破肚的那尾，手上满是水解泥化的内脏，甩了甩，他知道这尾不会好卖。

“伦仔，可以先帮我推回去吗？”

可以不要吗？我想。

那台推车、八尾土魠，冰化成水，流经一尾尾土魠的体肤，带着血水与脏污，流入我的雨鞋中，一步一步踩起，袜子汲取血水，脚掌泡成白。

不觉得难以步行，却怎样都不想走到全仔的摊前，放那一尾尾土魠。光是摸，手便陷入那胃液腐蚀而薄的土魠鱼肚。光只是摸，整只手都会陷入内脏之中。

光只是走到那，光是被丸美的阿美姐看着，我都像是个背骨仔。

当我把推车推到全仔的摊位前，将一尾尾土魠排进保丽龙箱，丸美拿来三四箱的冰撒在鱼身上。天已微亮，鱼市已散市。全仔拿着得标单，打电话骂烂咖 A。

“啥物我叫你买？是不会看一下价格喔？”全仔说。

烂咖 A 的笑声，我不用听都听得到。

全仔蹲坐在那，看着那些只是为了捡便宜而最晚到的鱼贩，喊：“要不要土魠？”

有几个听了价格要不嘲笑，要么掉头。

“要不要土魠啊，阿伦？”我没有回应。

丸美收完摊，将剩余的冰放进桶内，再放到推车上，说：“阿伦，拿去给全仔。”

冰桶内的冰很重，如果用买的要两三百。全仔看了丸美一眼，两人眼神不会交错。我将冰放在全仔摊位旁。“这些土魠怎么办？”

全仔没有回应，几个鱼贩走过。

“公斤两百，全包，好无？”全仔说。

隔天，阿美姐的冰桶内很空，冰都用完了。我问全仔，昨天的土魠卖谁了，他说的人名我一个都不认识。越陌生的贩仔，越会买便宜到不合行情的货，我想。只能比价格做不久，全仔也知道。

“来喔，贪俗的拢来喔。”全仔又喊了起来，围满了人。

“阿伦，背骨仔卖四分，是能赚啥？”丸美说。

“我哪知，一口气吧。”我回。

丸美大姐笑笑地摇头，拿起一块保丽龙板，写上：午仔鱼，公斤一百五。这价格便宜到只有丸美能卖。

全仔摊位上的人潮开始移往丸美，他对我比了抽烟的手势，又比了“没有”。我丢烟过去，他弹出的烟蒂掉落在鱼的冰棉被上，烫出小小的洞。他又开始叫卖，只是价格变贵了一些，只比正常价低了一点。

阿美姐把价格调回正常。“我不缺那些客人。”阿美姐说，爱比价格的客人都给背骨全仔。

后来，两人的眼神依然不交会，但卖的品项渐渐不同，不会强碰，变成默契。不是没胆量，但全仔不再坚持五分抢市，而阿美姐一样不叫全仔的名字，叫“背骨仔”。全仔被这样叫也不翻脸。

有感情了，相让出一条平行的路。

“五分全仔。”只剩我这样叫。

尿尿树

网络上有网友，一起吃饭的叫饭友。

在鱼市，我交的是尿尿友。

每棵树都钉了一张A4护贝纸，上面写：请勿在这里大小便。

标语钉上去的那天，还以为是要宣导停车熄火不怠速，或是停车费涨价的消息。一群毫无尿意的男人们，趋近一看都笑到岔气，只要有人走过去看，树上的纸便提醒，别在这里小便喔。拉下拉链，还是尿了，这些告示就像深夜的闪红灯，谁会乖乖停车再开？

这些树代表的是社交。最常被尿的树最高，杂草最茂盛，在那里能听到的消息也最多，什么鱼今天喊贵了、什么鱼又最便宜，各种琐事都能交流一些。能一起小便也就是有缘，不熟的瞎聊几句，熟一点的比起大小。短暂几秒，用小部分的赤裸，交插行话、脏话、玩笑，直球地建立关系。在鱼市，请饮料、槟榔与烟，或一起尿个几次（不管是“臭”巧或是约好的），就熟了。

那些味道对我们这些满是味道的人来说，说不定没差。

也不是看到树就想尿尿，又不是狗，没那么内急的，会忍到穿过拍卖场去上厕所。有些人说那是在灌溉植物，有些人就只是陪内急的人去上。而我是在紧凑的竞标时间常忘了自己的尿意，一旦走近尿尿树前我的车位，我就想尿了。

看着那棵尿尿树，本来只是树苗，现在已经被我们这些男人的垃圾话和排泄物养到两层楼高了。不知道如果没有营养灌养，它会不会萎靡。

尿尿树也是地标。当有人要送货到我的车上，我会报车牌号码，更准确地，会说“尿尿树前”再加车牌号码。“伦仔，老位置喔？”“对啦对啦。就最臭的那棵尿尿树前。”这样讲，从未送错。

“顺仔，我车上装鱼的篓仔顺手交给你老板，二十个。”顺仔比我老一轮，我还是叫他顺仔。但我要他叫我伦仔，他仍叫我老板，要不就叫我老板的孙。

“你好、好、好意意思叫我，去你那里拿篓仔？你那里尿得很臭、臭、臭。”顺仔结巴地说。

他搬下我车上的篓仔，跛脚地走到树前，叫我去看那张“请勿在这里大小便”。他问我是谁那么无聊还写什么臭、没家教之类的话，他说有家教就不会来卖鱼了，开始笑谁会在这里大便啦，这种笑点只有在似眠似醒的三四点工作的人会笑。

我倒是笑得很高兴，边笑得颤抖边叫顺仔试试看，我想我们两个都能感受到硬实的橡胶雨鞋底下，有湿土的软，我们都踩着彼此的身体废弃物，说着有没有都没差的废话。

他数着我货车上的塑胶黄篓，不分批直接上了他的推车。黄篓是拍卖鱼时装载称重的容器，一个刚好一公斤，称重时批发或买家直接把磅秤显示的数字减掉一公斤就是实重。这种容器由鱼市统一制造，一个押金七十，在标下鱼时就计算在鱼价内，如果要收回篓仔钱，就是退回即可。我往往会顺手交给熟识中盘的搬货人，顺仔就是其中一个。

搬货人送完一趟鱼货，就会顺手收一趟篓仔跟鱼贩不要的保丽龙。篓仔和保丽龙堆叠得高，搬货人会一手扶住，另一手控制推车，侧身将头探出看路。一早的鱼市，小盘与零售商刚把车停妥，熟识的中大盘搬货人就会在一旁等着，拿起那些篓仔，顺便说了今天有什么渔获之类的资讯。只是什么东西都叠得颇高，看不到路，搬货人嗓门大声像是爆音，连在身后的车按几声喇叭，转身骂的脏话都会穿透车窗，盖过车上的音乐，嘴形夸张到像有字幕。

“借、借过喔。”顺仔口吃，卡住几次借字。我问顺仔，你何时要还。

他很少说当天有什么货，要听他说完鱼的品项，不如自己去看。但他说起黄色笑话倒是不会结巴，平常听他断断续续地说也变成笑点。

进入拍卖场，地板的盘多磨涂料不会让人滑倒，灯光亮得不会让人觉得是晚上。巨大的投影荧幕显示鱼名，跳起数字，批发静静地按，得标后举手再度确认。比较多的声响是标货人透过对讲机叫搬运工来搬，银白色的白铁推车缓缓地切开人群，顺仔弯腰搬起十几公斤的鱼，一篓一篓。

我们都习惯上衣腹部附近会沾满鱼的水。“顺仔，怎不穿围兜？”我问他。

“麻烦啦，麻烦。”

“啊你这样搬，腰会闪到啦。”

“啥湔，要不然怎么搬？麻烦啦，麻烦。”

顺仔刻意蹲下后挺腰搬起，那是所谓的正确搬法。他接着会问我篓仔要不要，如果不要，他就会把鱼用塑胶袋装起丢在车上，再问车在哪或是车牌几号。

我正要开口说车在哪，他就接：“放尿尿树那里。”

采买过程中，不单要竞标当天送到的在地渔产，也得看一些中盘从日本、斯里兰卡、菲律宾、印尼等地进口的鱼，也有台东、澎湖的鱼。要买这些由盘商进的鱼就是靠议价。

顺仔的头家就是做这种议价鱼。十几年前，这类鱼贩相较鱼市以本岛鱼竞标为主的中大盘鱼商来说，利润较差也没什么竞争力，但在近十年却转为较有优势的批发商模式，一方面是因为台湾西部的鱼源变得稀缺，鱼变贵；一方面是因为日本空运鱼量扩大。

顺仔的老板王大就是从这样的环境变了个模样，我开始专职当鱼贩批货时，他就一脸你要买不买都没差的模样，有时等他开箱，还得看他慢慢划开保丽龙盒，拿起那些鱼还不能多闻、多摸几下，多摸就骂，多闻就叫人去其他地方买。听说以前没什么进口鱼时，他客客气气地对客人，看看现在的王大，谁会相信。

顺仔平常会跟能开玩笑的鱼贩多聊几句，但在摊位前，他只会问："在哪？车号？"再转问王大："哪几件？"只要顺仔其中几句口吃了，王大就像骂自己儿子一样，骂顺仔软烂、话都讲不清楚。我以为只有王大会这样，毕竟顺仔平常确实一脸懒散、没在怕人的模样，没想到连王大的儿女都这样骂顺仔。

"那个型，去外面能找啥头路？"老板的儿子骂完时，总会这样问我。

说真的，我听不懂台语发音的"那个型"是指外形还是个性，不过顺仔讲话臭奶呆，又是个矮子，这外形确实不好就业。

我会不会请这样的人来当员工？我不知道，但鱼市的搬运工有各种模样，有书读不多的，也有还在读书或早上还有其他工作的，最多的是中老年的失业者。他们跟我们这些鱼贩都在凌晨时，天未亮就被几千几百瓦的灯照醒，就算天未光，我们都会称那时间是早上。

有几次，顺仔推车无物，我遇到他，我的货车还很远，他会叫我上他的白铁推车，然后像是小时候看到水坑就要踩，推着我滚过一个又脏又臭的水坑，速度并没有快多少。我大声笑着，帮他喊：“借过借过！”偶尔，他推车无物，我遇到他，我的货车还是很远，我会叫他慢慢走过去，我再用脚把推车当滑板用。也有过我一边推着他，一边想着他的重量能换算成几尾鲑鱼和多少钱。

“顺仔，今天我的鱼很多喔，帮忙多打点冰，麻烦你啊。”

顺仔边微笑边帮我装，手与嘴演了个吸的模样，我想他不管是请烟还是饮料都可以。我跟卖饮料的点了几罐生活红茶，报了车号，他们会丢在铁斗。

“顺仔，你啥潲，冰不用钱喔？”王大根本不管我在不在场。

顺仔弯腰直接搬上。他这趟货很多，货物遮住了刺眼的千瓦灯，喊起借借借过。头探出来，看向比较暗的停车区，他向我挥手，我从内向外挥手叫他先去送别人的，他却将推车滑下无障碍与送货两用坡道，身体一屈，把推车停在一旁。

“啊不是叫你先去送别人的。”他走近，我说。

使了个眼神，他流畅地说：“再忙也要跟你一起尿尿。”

这哏太老，老到我都知道他是长辈，只好陪他尿尿。

尿尿树上的告示牌，被写上“在这尿尿的人是狗，鸡鸡烂掉”。我问顺仔谁写的，他说不知道，这人还写鸡鸡，写懒趴还比较成熟。

“在这尿尿怎会是成熟的人啦。”我说。

顺仔说：“你看我的很成熟啊。”说完就把尿乱甩。

真是成熟。

话没说几句，他耳 Mic[1] 就传来：“顺仔，你他妈要尿多久，别聊了。”

顺仔没回王大，只是笑笑地拍拍我的肩，说：“先来嘿。”

他推着推车往前，我提醒他：“要记得我的货喔。”

他手一挥，表示知道了。我感觉到肩膀有他手的温暖与沾染的湿，一定很臭，我懂，我自己的手也是。

等待的时间，我拿弓绳绑起活鲈鱼，将鱼价写了一遍。天快亮时，顺仔到了。他搬一箱，我搬一箱，他边搬边说，他想不起来刚刚为什么要找我尿尿。搬一半，我先拿了一根烟架在不冰的生活红茶上。

1　Mic：microphone的缩写，即麦克风。

“为什么不冰？我要冰的啦！”顺仔用台语说着冷笑话，真的难笑。

“喝冰的对腰不好啦，你要靠腰。”我说的也不好笑，他却笑了。

这一笑，他想起刚刚要跟我说什么。

顺仔插了吸管，自己点了烟，把那一箱箱保丽龙搬上车。那些保丽龙有漏水的钻孔，是为了让海鱼不泡到淡水，保持鲜度所用。顺仔的肚子，这时应该满是鱼腥了，但我闻不到，我早就习惯那个味道。那些被鱼的黏液与冰水泡过的衣服，一下就会褪色，日晒的时候会被鸟咬，或是黏液没洗干净会硬硬的，像是胶水残留，衣服很快就会坏，却总是不丢，穿那几件。

被他沾湿的衣服满是黏液。“我头仔实在……”顺仔把衣服抖了两下，我以为他要抱怨他家王大的事，他却开始说其他家的搬货人，都一天偷几个篓仔来加薪，偷少少的没人发现，后来有个特别贪，一个月偷了两三万块。顺仔跟我在那细算，要偷几个才能多两三万，十五个，刚好是我今天给他的数字。

“喂喂喂，你是不是偷卖我的，尿友？”我说。

“天光了，别在那里练疯话。我顺仔若这期六合彩大中中中，我明天就不会来了。你自己好好搬。尿尿尿友。”

“好好好，你就中了不要来。”

讲完，顺仔的耳 Mic 又响起。

我想着这鱼市一天会有多少鱼篓，偷几个会有多少钱，又有多少风险。我打了通电话给顺仔，问他尿尿树如果没有我们这些人养会怎样，他说白痴喔，树明天会更大，你会老啦。

我又问：“你有没有偷篓仔去卖过？”我听不到他说了什么，只听到王大的那些叫骂。连我都无感了，顺仔还会放在心上吗？还是那些羞辱他习以为常了？

他说，有一天我赚大钱你就知道。这句话他每天讲还是口吃。

我发动货车，柴油的酸气抵不过尿熏，这时才觉得臭。我转下车窗，头探出窗外，喊起借过借过，顺仔的电话未挂，传来：“哭哭哭枵枵[1]喔。借借借过啦。”

1 哭枵：闽南语，字面意为因肚子饿而哭嚎，通常用于骂对方无理取闹，口语中也用来表示惊讶、糟糕、不满等情绪。

改装的 March[1]

阿凤姐跟我一样，都是一年只休个几天的“爱钱死好型”鱼贩。

这天，我第一次看到她不是穿着雨鞋跟宽大衣物的模样……

阿凤姐的儿子一定最早到校。天未亮，他已穿好校服，躺睡在 March 的副驾驶座。

那台车的后座没有座椅，改成了白铁斗，放置着保丽龙、装满海水的大橘桶。她儿子的书包就放在另一个橘桶里，上面用保丽龙盖盖着，也怕鱼腥吧，海水滴到书包，也有个味道。

天气不好，鱼市里鱼种比较少的日子，我会在五点多跑到城市另一头的大市场，每次都会遇到阿凤姐。我很常把车停在她旁边，她总说：“你们这些跑鱼市的，没鱼才

1 March：东风日产旗下汽车。

跑来这里，抢鱼跟什么一样，我抢不过你们这些。”

她常偷看我从鱼市批来的鱼货，打开保丽龙盖，滑过白带鱼的腹部，摸摸肉鱼的硬度。五点还不能清楚看到鱼的色泽，但当个鱼贩，手也是眼睛。她又摸摸我的手臂：“鱼的品质不错喔。”我是不清楚她到底在我肉肉的手臂摸到了什么。

入了市场，阿凤姐在等北部渔港来的鱼车，我则先去看看大市当天有什么货色。她知道我有这个习性之后，看到我总问肉鱼、白口、赤鯮的价格，然后，她会说出更便宜的价格跟她爱去的那摊。她说的那摊，专门卖中国鱼和东南亚鱼，光肉鱼跟赤鯮价格就少我四、五成。

“哎哟，味道有差啦。”我说。

“哎哟，赚钱哪有差啦！”

她也只问那几样，其他的鱼种她选择的方向跟我很像。她常跟我指哪些人是卖现流的，哪些是餐厅，哪些人跟我们一样，都在这里等南部、北部的鱼车过来。就算我已经都知道了，阿凤姐还是很常说。

“阿弟，卖鱼多久了？”她很常问这句。

“二十几年。三十五了还要被你叫阿弟。”我也常回这句。

“你就是没好好读书，才那么年轻就被抓来卖鱼。”她说，我只能笑。

她说起在车上睡着的儿子，国小三年级，得了什么奖，又拿第几名。我很想问为何要带她儿子出来市场批货，正要开口，鱼车进来了。三点五吨的货车，放下后斗升降板时，她已经站上去。她看我这边一眼，像要提醒我过去抓鱼，其实不是，只是在叫我过去一起搬。

我过去一起搬，她在冰水里摸捞她想要的鱼。每次我都笑她，骗我过去搬，叫她自己捞。当她抓起一些我想要的鱼，我在一旁说“那尾我的”，她不一定让给我。不给我时，总说：“你都去过鱼市了，还要跟我抢。”

鱼车下来时，阿凤姐是第一批抓鱼的人。而我是到摊位才开始第二批抓鱼的人。这是大市的内规，熟了就会变成第一批抓鱼的。她挑完第一批的鱼，会留很多在她的鱼篮中，给我一些她不爱卖、不会卖或大小她不爱的鱼。我笑说自己是捡剩的，其实阿凤姐第一批抓到的鱼不会太差。

每个鱼贩喜欢的鱼种与能卖的价位都有所不同。偶尔阿凤姐会来陪我抓第二批的鱼，第二批的都是些没人抓，或是被其他鱼贩放弃的鱼，将那些鱼挖出来跟老板杀价，是她的兴趣。有时，冰桶底部的鱼过冰，眼睛变白，鱼体的黏液流失，这种鱼冰不了几天，正要从我的篓内丢回冰桶，凤姐总会说：阿弟，这尾给我。

她会拿那些受伤或是过冰的鱼跟鱼主杀价，就算那些鱼她平常不卖。她信奉没有卖不掉的鱼，只有卖不掉的价格，所以她能高价卖掉的鱼，她必定咬得紧紧的。这样个性的人，一定很不爱休息。

阿凤姐固定休礼拜一、大节过后，一年休不到几天，我也一样，两个人都是爱钱死好那型。爱钱死好，就连清明连假后没人的平日，鱼市公会都会安排旅游行程，我都不去。鱼市休息，我只能往大市场走，一样的时间，阿凤姐的车也停在那。

这天，阿凤姐的儿子穿着便服，阿凤姐难得没有进大市场先买一轮，她坐在车上，将驾驶座的椅子打平，开了小小的窗隙。我将关门的声音放轻，轻轻放下铁斗，走到阿凤姐的窗边，跟她说鱼车快来了。她没有睡，只是跟我比个赞。

我第一次看到她不是穿雨鞋跟宽大衣物的模样，虽然还是个阿凤姐的模样。

她开了后车厢与后座的门，说："这些都给你卖。"

"阿凤姐，卖不完也不是叫我卖吧，哪有人这……"正要回绝，她就塞了张账单给我，上面的价格确实很便宜。"但我觉得……"

"你卖就对了。又没几只，啰唆什么，阿弟。"

我看着她，她对我点了点头。

“你穿那么漂亮，要去哪？穿那么漂亮也是要帮忙搬啦。”我说。

她又跑回驾驶座，是等货卸完就要走的司机。

“穿漂亮就怕臭……”我边搬边抱怨。

“嘿啦，你继续嘴秋啦。等后节过你就知道。”阿凤姐说。

“你们母子是要去哪？”

“就他们学校户外教学。”

说完，她催促我快点搬，又叫我别把冰海水漏在车上，说有味道什么的。我笑她卖鱼还怕腥，她直说臭会被人笑。

我搬完货，将铁斗拉上。买了阿凤姐的这批，我也不用补货了。

“歹势啦，阿伦。”阿凤姐边数着我给她的钱边说。

我本想跟她说好好玩，别吵架之类的话，想想又好像也没什么好叮咛的。

“很烦喔，鱼贩还要用得香香的。”我说。

她关上车窗，喷了点香水，“很烦。”

没载满鱼的 March，似乎很轻盈。

后来，我问她为何总要带儿子上大市场，她只说家里没人顾，学校有点远。我又问了学校的名称，是私立的小学。

“让他知道累也好，学费贵死了。”阿凤姐说。

“啊就不要读私立的就好。”我回，我也猜得到阿凤姐要说什么，大概要说英文很重要啊之类的。

“好啦读啦，要不然像我们卖鱼喔。”我说。

“卖鱼也不错啦。”她反而说起安慰我的玩笑话。

“对啊，不错，不错到你儿子每天都最早到校，最早去学校厕所洗手洗脚洗掉臭臭。”

“你很烦。”她拿了整篮的姬鲷和青鸡鱼，分了几尾给我。

天还未亮，大多数的人都还在睡，阿凤姐的改装March驶入与乡间风景不搭嘎的私立小学。跟她儿子说完再见，折好车上的棉被，将副驾驶座调正。

载满鱼的March，又轻了些。

女人鱼摊

看着女人鱼摊的阿娥姐和她带领的女子军团，我知道，伟大的市场女人背后，一定有个软烂的男人。

阿娥姐将二十公斤的虱目鱼搬上车，独自搬了好几件。

来市场批货的女人，很少像阿娥姐这样，一人扛起采买，搬货的工作。在吵闹的鱼市，采买不难，要的是气势，而气势无关男女。难的是搬货，一件鱼货轻则五六公斤，重则二三十公斤，阿娥姐的生意超好，一天鱼货至少一两百公斤。

从推车举到货车后斗，她做得轻松。本以为她没有家庭或是离了婚，要不然哪有女性会一个人来做这些事，后来才知道她有家庭，儿女读到高中之后，决定在市场创业卖鱼。其他女性鱼贩都说阿娥姐很勇敢，除了创业，更勇敢的是她不像大多数的女性鱼贩，都是因为夫家或原生家庭才从事鱼贩（也因此女性鱼贩旁边都会有个男人，可能是先生、爸爸或儿子）。

“没办法啦，有一群员工要养。”阿娥姐笑说。

问她，先生有帮忙吗？她笑说不要乱了，她先生是公务员，不懂买鱼卖鱼的事，她更不让儿女帮忙，好好读书才重要。

阿娥姐不让先生帮忙买鱼卖鱼，但年节忙不过来时，先生会来帮忙搬货。

中元节前一天，阿娥姐很早到场，当我把车停好，她已经把不用经过拍卖程序的养殖鱼买好，一箱箱叠在车旁，她先生则跟我一样在车旁热身。

“快点啦。”阿娥姐说。

“好啦好啦，别念了啦。”她先生回。

阿娥姐的先生爬上货车后斗，阿娥姐则一箱箱地丢上去，让他排好。阿娥姐买鱼的量是我的三四倍，假日货常装得满满，一摞一摞的货高过货斗的侧栏，用捆货绳固定，非大节日她都一个人做。

一摞叠五箱，多一箱就容易在高速公路上被吹飞。吹飞了，捡不回来事小，就怕撞到别人的车，车损人伤。今天，阿娥姐的先生总多叠一箱，不知灯暗还是阿娥姐恍神，她先生没被骂，我也不好意思多说什么。

除了搬货，她先生也帮忙看顾鱼货，因为年节总会有人偷鱼。如果是平日，阿娥姐自己会搬，她的货量大到鱼主会派人帮她上车排好。大节日时，鱼主没有人手，阿娥姐只好请先生来帮忙。

她先生不像卖鱼的，就算穿起印有Q版阿娥姐，下方写着“女人鱼摊”字样的围兜，也不像是来买卖鱼货的鱼贩，更像是会乱杀价的散客。不只是因为他穿女人鱼摊的围兜来鱼市，更是气质，一种听到别人骂脏话会嫌脏的气质。

没人会向她先生搭话，我一开始还觉得他怪怪的。他说他是阿娥的先生，打个招呼，又跑回车上。车窗隔热纸再黑，也看得到他滑手机的亮光，与那偶尔微笑的脸。

鱼贩的生活时间怎有可能与公务员相同？鱼贩晚上八九点就寝，凌晨两三点出门。阿娥姐与她先生的相处甚至没有交错。

“我老公咧，阿弟？”在拍卖场遇到，她问我。

我处在一个三十几岁仍然会被叫阿弟的地方。

“你老公热身完，在车上看手机。”

“没看到这里那么多货喔……”阿娥姐说。

我心想，低头族怎会看到这边有一大堆货？

她拨 LINE，按下扩音，下一批鱼的第一篓拍卖即将开始，拍卖员大喊：“金线、金线，大小刚好的喔。”祭拜时，这种十三两到一斤三的鱼最好卖，金线鱼先煎再红烧也好吃。粉红鱼体，黄色体线，鳃边些许蓝紫光泽。阿娥姐边翻那些鱼，边对我比赞。

她比赞准没好事，意思是说，赞喔，这里我全要。她全要就是一次十几件，比市场的大货主丸丫、丸ㄅ都还猛。丸丫、丸ㄅ甚至会让她标，不跟她抢，因为跟她抢，她会几天不跟那些货主买鱼。得罪阿娥姐就没有生意做，不如让一点利头，也多一条路走。

她还在等先生接起 LINE，登登登，登登登。

声音开到最大，旁边几个鱼贩听听自己的手机有没有响。

九篓金线鱼，我不挑最漂亮的第一篓，因为第一篓最贵，我挑大小不平均的第三篓。阿娥姐巡过第一篓到第九篓，其中两三篓比较丑，但阿娥姐觉得没差。我抓起第三篓其中一尾金线，从鱼的屁屁挤出一点体液，咖啡色的是排泄物，白色的是油，食指扫过，闻一下，又将鱼丢了回去。

“不要在那里挤屁屁，干，鱼都挤坏了，阿娥怎么买啦。”拍卖员喊。

阿娥姐还在登登登。没人理会拍卖员，有些人会靠很近闻，有些金线鱼味道像学校保健室的碘味，又近似漂白水味，都含在内脏里，渗入血肉，煮熟也没用。

每一篓金线鱼都会有几尾被挤过，这是鱼贩的品管流程。只是不挤还好，一挤整个拍卖场都是那个味道，烂咖A就曾经挤完抹在我的人中上，臭一整天。

阿娥姐还在等LINE的通话，登登登登，她不断按着竞标机，要跟她竞标的人就得买她要喊的件数，一次三件，我买不了那么多，不跟她争。

开标时，登登登登。

阿娥得标。只有一两个大盘商的抬价者多按几下，价格比平常低一些。

“来搬鱼，你要玩手机玩多久？玩手机还不接电话，快来搬货！”她说。

拍卖员手指向阿娥，示意这三件是她的鱼，她手比OK。

“阿娥姐，这都你的喔。”我说。她侧头用肩膀夹着还在扩音的手机，抓起一尾露出白色油脂与肠的金线鱼，刚抓起，她就闻到，她已经满手碘味。她跟拍卖员挥手，可惜已经过了三件，三件不能反悔，过奈何桥也不能回头。

“这里怎么有个臭味，阿弟你的喔？”阿娥的先生走过来说。

做事不会做，说风凉话还很在行，拜托，我怎么可能买这种鱼，我想。

阿娥将第一、二篓臭臭金线鱼倒在一起，第三篓用脚推来给我，说：“阿弟这篓给你卖，不用说谢谢，阿娥姐对你最好。”

“三百五，七公斤，不用灌分。”她跟先生说。他听不懂。

我懂。“才不要咧。”我回。

“长得那么帅，怎么那么难相处。”阿娥姐说。这句话，不就跟早餐店阿姨说帅哥同等廉价吗？

“搬到车上啦。都你，害我乱买。”

她老公要将一篓篓的鱼相叠，又被骂，金线一压就会软身脱鳞，压出肠，味道就会更重。他用钩子一次一篓拖到车上，弯腰拖几次腰也酸。阿娥姐没跟他说旁边有公用的推车，像是在惩罚他。

阿娥姐一件又一件地买，放满旁边的走道，走道不够放，又推来一台推车，将六篓鱼排成金字塔。我也搬来一台，排出金字塔，看起来好像我跟她都买了很多，其实百分之九十都是她的。

“她买好再叫她叫我。”这句话很饶舌，但她先生对我说得很顺，当我传声筒。讲完，又跑回车上，不知跟谁在 LINE，头低得更下去。

“又来，人咧？”阿娥姐说得大声。

“我在这啊。”我白目地回。

我以为阿娥姐会骂我脏话说你们这些男人都没用，但她没有，只是将她的金字塔推过去，丢到车上，货车几次震动，前方车厢的先生手机几次登登。

她丢得更大力，几篓金线鱼翻倒在货斗。

一个伟大的市场女人，后面一定有个软烂的男人。

她先生那时候才出来帮忙，两人没有吵架。

“我叫他来帮忙的，有够难用。”阿娥姐对我说。

中元后，我去找阿娥姐。她的女人鱼摊没有休假，摊位的工作人员都是女性，穿起一样的围兜，类似的妆发，我以为这是阿娥姐家族的姐妹，为了家族才这么拼，连中元节气过后都不休息。

“亲生姐妹？”我问。

“不同父母的姐妹。她们哪有我美。”阿娥说。旁边的员工都笑了，口音听得出是外籍，其中一个看起来都能当我妈妈了。

阿娥姐问姐妹们，有没有人喜欢我这型的。我说我死会了[1]、结婚了，她又指旁边的女人，问我：“你有没有兄弟没女友的？这个刚离婚，活会的。”

“男人没什么好东西，介绍太好的女人给你们也没用。”阿娥姐又补了句八点档台词。

“啊，你不错啦，阿娥姐不是说你。”旁边的女人说。

“不错不错，来帮我杀鱼。”阿娥姐说。

她拿了件围兜给我，跟她先生一样的那件，她先生很高，围兜很长，我穿起来都快踩到。我不懂为何我放假日还要杀鱼。

女人鱼摊在年节过后的淡市排了满满的客人，我杀的

1　死会：指非单身的人。

鱼比我自己鱼摊一天杀的还多。本来想在中元后来看看阿娥姐的鱼摊，改进自己的摊位，跟生意最好的偷学最快，没想到变成员工。一群姐姐卖鱼杀鱼各有各的工作，过重的鱼篓，她们会先分成两篓，一有客人来，便会有人上去服务，客人的手不会沾湿，甚至会翻鳃捏肚给客人闻。还有洗手台给客人洗手，只差没帮客人喷香水。

阿娥姐做女人鱼摊，一开始是为了自己，作为女人不能没钱，不能只靠伴侣。结果越做越大，便找了常跟她买鱼却偶尔赊账的单亲妈妈一起互相帮忙，员工一个拉一个。有些女人孩子还小，却要创业，不能深夜去鱼市，阿娥姐就帮她们批货。

来这鱼摊工作的女人都有故事，她们不常说，只要开口或是想到什么就要掉泪，阿娥姐就会说，靠自己最实在。她们有恨谁吗？一定有。只不过忙到没有时间恨，还得留时间跟姐妹出去玩。

本来只是要路过打招呼，却做了一天白工。杀鱼杀到她们要收摊，阿娥姐说要请我吃饭，请我跟她的姐妹们唱卡拉OK。我拒绝了，鱼贩的休假日只有礼拜一跟年节过后，要赶回去陪太太孩子，还得解释一身鱼臭。

阿娥姐有心，拿起手机叫员工帮我跟她照一张相，摊位前光太亮，从另一边拍又太暗，手机的自动闪光灯闪起。我第一次照相眯了眼，又照一次。

走之前，我也帮她们合照一张。

作为男人都知道，一个人躲在暗处能看什么，能抛弃工作的又是什么。我没跟阿娥姐讲她先生在车上干什么，我想她也知道。

走之前，我问阿娥姐何时放假。

她说："你有太太了，不要整天约大姐们出去玩。"

"不是啦，你农历七月十六也工作，是休哪一天？"

"每天都休下午半天啊，休那么多干么？"她回。

她还有三四个员工要养。

"要养老公喔，还是小狼狗？"我问。

"养那个干么？养男人他们还会拿钱养其他人，我又不是白痴。赚的都在我口袋。"阿娥姐回。

我想也是，没有人兴趣是卖鱼吧，大多是为了养活自己。阿娥姐养了那么多姐妹，就不养男员工，不是讨厌男人，而是让自己可靠。

我走之前，阿娥姐拿了一袋两三公斤杀好的金线鱼，肚边、鱼头全都被剪掉。我推掉，她说送也送不完，帮忙吃啦。那晚，我煎了一尾金线鱼，鱼肚的碘味渗入鱼肉，加了酱油红烧，味道淡了些，儿女都说有个味道，我说是虾蟹的味道，他们还是不吃，倒入厨余。

阿娥姐家那几天的餐桌都会是这些金线鱼吧，她先生会吃吗？

中元过后的年节是中秋，中秋时，阿娥姐没人帮忙。中秋过后是过年，阿娥姐的副驾驶座多了一人，帮忙搬货的又多了两个人，都是她的姐妹。在拍卖台旁，阿娥姐跟一个姐妹一起挤金线鱼的肠腹，要教就要教整套。闻一闻，有味道的金线鱼，她说跟他们男人一样，都不是好东西。

男人真的不是好东西吗？我只好认真点，当个好东西。

阿娥姐已不管先生在跟谁LINE，或是薪水有没有拿回家，只需顾好自己。在深夜的鱼市中，阿娥姐拿起手机照起当日的鱼货，传给负责社群行销的姐妹，一来一往，登登登，脸前亮光，很亮，阿娥姐笑得很美。

台风假

台风来临前，每个鱼贩各有各的买进卖出哲学。

烂咖 A 信奉的就是反其道而行。有时还真会被他给赌对。

台风尚未成形，还被称为热带气旋时，我按三餐看它的动态，不是为了台风假，而是为了台风价。

强台预计五天后抵台，登陆前三天我得先买好鱼货。这是阿公教我的撇步[1]，遇到台风，抓准时机最重要。抓准定置网收网、船期较长的船不得不回航，甚至一些养殖渔业会跟果菜业一样预先采收，我跟阿娥姐都会抓紧这时机大买。

烂咖 A 则是不会多买，他总说要跟台风假一起放假，赚钱有数，性命要顾。烂咖 A 不会不知道台风过境后，近

1 撇步：技巧，窍门。

海渔业还会影响约四天，而他怎么休也不可能休四天。

“你憨憨的。今天不买，明天没东西。我阿公都有说。”我说。

“你古早人才跟阿娥、邱伯一样信这套。我那个市场，台风一来都好几天没人，我的摊位还摆泡面、面筋、海底鸡咧。”烂咖A回。

鱼贩虽说是靠天吃饭，但我们还有冰箱。台风未到，海上的巨浪与顾客却先到，好像最可怕的不是风灾，是涨价。顾客跟鱼贩都一样，择时买入，幻想自己买在鱼价的起涨点，只要比别人买到的便宜一点，吃鱼时有这种喜悦鱼便更好吃。

为了台风后的三四天空窗期，鱼贩们大多会预先存货（顾客也会），有时更像是在赌。赌放台风假会无风无雨，客人将蜂拥而来；赌错了，就成库存，要不认赔杀出，要不变成货底自己吃。

烂咖A不是不买，而是在等真正的台风价。鱼量大，一天销不完，第二天就会跌，他在等这个。当大家都超前部署，他会后退一步。大家犹豫不决，他会勇往直前。跟大家反着做，这是他的生存之道。所以，他要不买到最便宜，要不就没有东西可买。

没有东西可买，他会等到真正的台风假。

台风抵台前两天，烂咖 A 开始动作。他买下那些卖不完、已在批发商冰一天的鱼，也买那些从北部大市打下来、第 N 轮拍卖的鱼。

对我们这种零售鱼贩而言，会卖鱼不是师傅，会保存鱼才是。但批发鱼贩是反过来的生态，他们的隔夜鱼总是随便乱冰，冰得像是我们的隔周鱼，特别是这种突然大量却无人低接的台风天。眼睛白雾、毫无黏液。“随便啦，卖得掉就好。”一个鱼商说。

烂咖 A 会接很多这样的鱼，在他的摊位上一盘一盘地喊：“台风没菜没果，来吃鱼，别人涨价我降价。”其实烂咖 A 还偷偷涨了价。只要客人向前，一犹豫，他会再补上一句：“下个礼拜都没鱼啦，你这盘是最后一盘。”

像是服饰店说这件是最后一件，像每个爱人都说对方是挚爱，每一盘鱼都是最后一盘。但那些鱼说多丑就有多丑，是过季的衣服，是吃饭不出钱的情人，是客人只能说便宜嘛台风嘛将就点的鲜度。

我们常会赌看看台风会不会登陆，会不会有台风假。烂咖 A 每次都说不会登陆啦，不会有台风假啦。这种台风的生意，就是做前两天鱼价涨价的预先题材。

只要烂咖 A 买得少少，就代表台风会登陆、吹得连生意都不能做。我则跟他反着做，我认为放了台风假就得煮饭，有人煮饭，我们就有生意。

“吼，你不要跟阿娥同一招好不好，人家阿娥姐耶，你什么咖？她家生意这么好，我看你这样补，卖不完还得求她。”

“你懂什么，我冰鱼师傅，你行吗？”我回，他拍手叫声师傅。

“唉，老一辈那种民众放假，卖鱼的不能放的观念，要改啦。要赚就赚一波就好，整天想什么都赚饱饱。贪心啦你们。”他说。

“我跟阿弟都是为民服务，台风买不到鱼，很惨耶。”邱伯跑过来插嘴。

“多惨？可以吃肉啊，可以吃罐头啊，还有海底鸡咧。”烂咖 A 说。

这句说完，拍卖台转来一件银色褪色成灰的肉鱼。

“买啊，伦ㄟ买啊。”他鼓吹。

那么丑的鱼，谁要？但烂咖 A 标了下来。

“买这种的当天卖完就好，公斤入台斤出，爽啦。”

下一批依旧是肉鱼，是装在海水冰保丽龙箱里的特级货，我买这个。走之前，鱼市广播因有台风，周六日休市，周一公休，连休三天。

“你信不信，三天后你那件还卖不掉。”烂咖 A 说。我作势打他，他脸靠过来轻拍自己两掌。

“你那种烂鱼，跟你一样烂咖，才卖不掉咧。”我笑说。

怎样也得把这批鱼和冰箱里满满的鱼卖光。我想。

当天，那批鱼卖了三分之一，冰库里的库存销了三分之一。到了晚上，无风无雨，全国却放台风假。我问烂咖 A 明天要不要工作，他回休息，卖光了没东西。“祝你大发市呀，伦ㄟ，明天没雨去看你。”他传了个挖鼻孔的贴图。

隔日清晨，无雨，市场都是一些放台风假的消费者，鱼摊前排满客人。我心想，烂咖 A 怎还不来，让他来看看谁对谁错。

卖了一轮，肉鱼还剩一半。烂咖 A 来了，我叫他去帮我杀鱼，他才不做，但跑到摊前帮我卖鱼，还将价格偷偷涨了一些。台风假、台风价，他喊得很顺，卖得很快。他问我还有多少。“不用管啦。卖得完啦。”我说。

卖完那批，风雨才来。烂咖A开始笑，笑我鱼摊后方堆的保丽龙被吹走，我追着跑。笑说客人都被吹光了，还在市场大喊台风来了。在铁皮雨遮刻意撑起雨伞，让风将雨伞吹到开花，烂咖A真神经病一个。

“烂咖，你知不知道会卖鱼不是师傅……”

“知道啦！这老一辈在说的，会冰的才是强者咩，把鱼冰起来被风吹啦。台风假，台风价，你要记得啦。”他回。

后来，那批肉鱼冰到变丑，我们家吃了两个礼拜还没吃完。

开市的第一天，没什么人入鱼市大买（看来大家都还有库存），只有烂咖A大买，又买到几批便宜的在那炫耀。他点开渔业气象，看了卫星云图，指着菲律宾旁一坨像沾湿卫生纸的云团说，又有台风了。

“这次跟我学啦，伦乀。”

东港现流

东港仔卖的鱼不来自东港，但不管来自哪里，他都说：东港的啦。

就算客人吐槽，他回呛，不爽别买啊，也没有人因此不掏钱。

常有客人问我，摊位上的海鲜从何处来，我如实回答，也有人仍不相信。如果跟客人说产地直送，他会问："你熟产地吗？"质疑我卖鱼的经验，甚至说我的口音没有海口腔。拜托，我卖的是鱼，不是我这个人耶。

直到看过东港仔卖鱼，我才知道当鱼贩要懂鱼，更要懂人。懂什么人？懂客人，懂哪种客人要用哪种方式才会好卖。

东港仔真的从东港来，鱼摊上的招牌写着"东港现流"，还配上华侨市场的图片，只差没把自己的身份证放上去。

人都产地直送了，鱼从何而来便不用证明了。

东港仔坐在摊位的冰床上招呼客人，屁股不怕冰冷不怕湿，摊位只有一两种鱼。他最爱摆特别大尾的，一尾鱼没有七八公斤他不卖。海鲡、鲑鱼、龙胆石斑，一尾尾完整摆好，等着让客人下杀头令牌，客人指哪尾，他就将那尾开剖。才杀开几尾，台面变得凌乱，头、尾、腹散落，分不出哪块是哪尾鱼的腹。

我问他，这样怎么会赚，再怎么傻的客人也会从整尾全新的鱼剖开，拿中段。“你最憨，拿中段第一个剖开的最憨。”他边抽烟，边把刀来回划在磨刀石上说。

他开摊，摆上那些大鱼。灯还没开，客人已经在等，最先来的就选最肥的剖。“中段最贵喔，妹妹。”东港仔，八十岁的阿嬷也叫妹妹。

客人看着东港仔刨起大尾鱼，鱼鳞四飞，喷到包包衣服，喷到脸上，客人就会往后退一点。东港仔不急，慢慢地刨，动作一样粗鲁，划下第一刀直至鱼骨。

拿起木槌往刀背打下去之前，东港仔问：“妹妹，你要多大片？”客人随手比个大小，槌还没落下，另位客人就出声。“慢慢来，一个一个慢慢来。”这一槌，又是五分钟。

切下第一片，每个客人都出声问：“多少钱？”“多重？”

“五百二。一斤二。”东港仔说。每个人都拿了一千要找。

“都不是你们的啦，安静。”他拿刀指向第一个客人，露出黄齿笑笑地说：“你的。”挑两下眉，又抽一口烟。现场发出几声叹息。

“要排队，各位妹妹。”东港仔说。

一刀一刀落下，东港仔切起中段，边说这部位比较贵喔，客人都回没关系没关系。“切下去不能反悔喔。杀头没有接回去喔。”叮咛再三，东港仔让鱼刀切得更宽一点。“妹妹要不要？”东港仔一问，没有冷场，立刻有粉丝回应偶像：“要！我的我的。”

中段没了，他会说，还有另一尾喔。

“一样部位，一样贵喔。”他切起第二尾、第三尾，换一种鱼继续切。直到没有一尾鱼体是完整的，这时东港仔已经赚一轮，剩下的头尾，东港仔也不随意卖。

东港仔卖的鱼不来自东港，来自挪威、中国大陆、菲律宾，也有来自养殖鱼塭的。不管来自哪里，他都说，东港的啦。就算客人吐槽，他回呛“不爽别买啊”，也没有人因此不掏钱。

东港仔烟和脏话不离口，常常拿着刀对客人发火，个性越古怪生意却越好。他总比我早收摊，不时会来看我的摊位上有什么货，看到黑喉、银鲛、大目鲢，就问：“这些东港来的喔？”又不是每种鱼都从东港来，这宜兰大溪的。我回。

他曾递给我故乡兄弟的名片，说跟他们拿货会便宜一点，拿过几次，却收到一些烂鱼烂虾，跟他们客诉，还被呛新来的不会卖鱼喔。

台湾的海产有些只有一个产地盛产，例如马祖七星鲈、澎湖的珊瑚鱼类，但也有些地方的产物因为地理条件而高度雷同，例如东港和宜兰大溪，樱花虾两边都有，深海拖网业两者也是，还有红喉、黑喉、东港铁甲虾（宜兰叫角虾）。东港黑鲔来自台湾南侧太平洋，宜兰黑鲔则更近与那国岛[1]。一南一北，都有特别深的海床。

东港仔有时会跟我叫几斤角虾，在摊位上直接生食。

1　与那国岛：琉球群岛中的一个岛屿。

角虾蓝蓝的蛋散在清酱油与芥末当中，搅散变成泥巴水的颜色，蓝色的蛋不像会生出艳红色角虾的样子。他筷子夹起芥末含入，眉头一锁，辣啊。

他用吃过的筷子夹了很多角虾卵和芥末，推到我嘴前，下巴挑了一下。

咬下虾卵，啵啵，海水的咸。

我也眉头一锁，呛到只能哭。

“那什么虾？”客人问。

“铁甲虾，东港来的。你不会吃啦，不卖你。”他才不会说是我在卖的。那个客人走到我摊前，只把角虾摸了摸，看到亮蓝色的卵，问：“污染的喔？”又翻了几尾角虾，抱卵的有些氧化后会变成军绿色，她继续问：“污染的喔？”

我懒得解释。东港仔却笑我不会做生意，太乖了，没有个性，谁会想跟乖宝宝买鱼。

有次，他跟我叫角虾，我送他几尾大溪称为大帕虾、温泉虾的品种，我不清楚大帕虾为何叫作大帕虾，我猜是这种虾头很大又脆壳，压到就扁就碎，台语就说“冇冇”（phànn phànn）。东港仔说这种虾他那边也有，就大甜虾。

他在我面前吃了一只大帕虾，吐了出来。

“这虾吃西药是不是，一个药味，是想臭谁？”他说。

“这都有啦，大溪那里有海底温泉，这泡温泉的咧。硫黄味习惯就好，你东港那边没有喔？”

“没啦，谁跟你火山。”他回。那时我才清楚东港的乡愁，并不能从大溪这边挪移。

他拿起比东港产的铁甲虾大得多的宜兰角虾，从虾的中段侧边折拗，跟折筷子一样，啪，断开，取出肉来。一只折开吞下，又吃一只，留下头跟壳放在一旁，边吃边喊起摊位上十几公斤的黄鳍鲔。

“来喔，黑鲔鱼喔。沙西米喔。”他喊得很大声，我们都知道那不是黑鲔鱼，只是一公斤一两百的黄鳍鲔，是能生食的等级吗？谁管得着呢。要切生鱼片的客人问他能不能帮忙切，他手上那把刀没换没洗怎么切，他剖开背肉，用塑胶袋包起。

“杀鱼要师傅，吃生的靠自己，拉肚子算自己的，别来找我。”一条背肉五斤，一斤两百五，再大的家庭也吃不完这么多的生鱼片。

“这么会卖，不在东港卖，跑来中部卖这一小摊，有趣味吗？大材小用。”我说。

东港仔把那些虾头虾壳丢到锅内，煮起味噌汤。

“你买豆腐，我就回答你。”他说。

我出豆腐，他出故事。他开始说他以前是做卖下杂鱼给饲料厂的生意，打开掌心说：“那些鱼就这么大。”长辈都说卖这种的折寿，要他别卖了，但卖给饲料厂好赚，生活除了赚钱，没其他娱乐。“穷到只剩钱。有闲睡觉，要不就喝酒。”他边说边用牙齿杠开玻璃瓶盖，先喝几口，再倒一些啤酒入味增汤。“不过，好赚的，台湾人就会来抢啦。”

他离开故乡，是因为同乡的抢来抢去，亮刀亮枪，变得什么都不好玩了。

“阿伦，你看。”他指脸上的一条长疤。

“你太白目，被砍喔？”

“白目喔！那时睡太少，太疲劳就车祸啦。”

东港仔也跑过一阵子渔船，走私什么的也都做过。他说了我才知道，为何不曾在鱼市看过他，因为他都“产地直送”。养海鲡龙胆石斑的、走私黄鱼的，都是他同乡，一通电话就有人派回头车直送至府。

“我最诚实，不骗人。你看这些，都嘛东港直送。”

他用大汤匙拍拍智利鲑鱼的头，盛了一碗都是他吸过的虾头虾壳煮成的味噌汤。

至少他本人是东港直送没错。

就算不问东港仔，我也知道他为何不用东港的海鲜。因为东港来的不一定好卖。曾有客人质疑："这些鱼都养的，不然就进口的，说什么东港？骗我没去过东港喔。骗子。"东港仔就回："华侨市场也有卖这些啊，你去那里骂，不买滚啦。"

再多烦他几句，东港仔挥起那把血都干块的刀问，吃

什么正统东港鱼？黑 toro，铁甲兵，还是那个鱼喔？“笑死人，你们这些中部人吃红目鲢还要剥皮，懂吃什么东港鱼？东港来的你也不会煮啦，当作我这里海产快炒喔，你明天有种就来，我有什么你就买什么，不买给我安静啦。”他说。

那客人回：“明天相等。”

其实中部的海鲜市场很排外，排的是口味、是食癖，例如澎湖加志会被嫌灰色很丑，皮又韧，太平洋的飞鱼则被嫌刺多，东港仔跟其他鱼贩没差别，只是卖好卖的。

东港仔的鱼摊隔天摆了超多的那个鱼，无鳞、张开大嘴、褐白色十几公分的身体，长得超像异形，一堆堆摆在摊位上，完全不加摆饰。东港仔坐在摊位上抽烟，等那位客人。“东港那个鱼喔。”喊得随便。

几个客人停下，好奇这是什么鱼，但不买也没用。东港仔那天很闲，太闲，才赌气卖这种易腐难卖的鱼。

当那位客人走过，他伸出腿，脏脏的雨鞋挡路。“你不是要买东港的？要几十斤？”东港仔说。

没有人回。

“要买不买？没有胆识就不要买，俗辣[1]。”东港仔将

1 俗辣：闽南语，意为没有胆量的人。

腿挪开，让那位客人走。

我笑东港仔有够无聊，那些鱼卖也卖不掉。隔天，他卖起东港来的冰岛大比目鱼，切一块送三斤那个鱼。过几天，也没有人反馈那个鱼好不好吃，东港仔也觉得没差，这里喜好的鱼不用产地直送，只要无刺多肉好煎煮。他早就想好自己如何在外地生存，就是卖当地人喜好的鱼。这是讲方便的世界，麻烦的别卖，东港仔是这么做的。

他又热了那锅汤，加了许多那个鱼，喝一口。这是渔船上、东港的港边味。我喝，腥了些，加了更多的米酒，吞入口。

后来，东港仔不再卖真正的东港鱼。不好卖的鱼就算产地在天堂都没有用，他卖的不只是鱼，是东港仔。

我家的鱼摊已传三代，到我接下摊位时，顾客中不乏看我长大的人，总会拿阿公、爸爸来比，比的不是专业，是感情。不甘愿只当受长辈庇荫的鱼贩，从不同产地直送过来的鱼，有些顾客没有看过，便说这摊变糟了，也有些乐意尝试。东港仔说我是乖宝宝，乖的是留在家里摊位帮忙，不出去外面闯闯，乖的是过度以客为尊，没想想自己想当怎样的鱼贩。

想当怎样的鱼贩呢？有妈妈型、霸道总裁型（要买不买随便你），更有广播电台型。这些我都不适合，我说不出海口腔，也不常撒谎，甚至客人说起别人的八卦我都回避。我只想当个知道客人想吃什么就配什么的鱼贩，对每个路过的人喊："来喔，好鱼喔。"

客人一停住，就看一下他提的塑胶袋里有什么。有时看脸看穿着，黝黑的老农喜欢吃白带鱼、九母梭，务必提醒他们要抹重一点的盐（古早时候这些鱼都会用盐水渍过才卖），年轻的主妇推荐无刺的鱼，穿着比较华贵的妇女，推赤鯮、白鲳、白北。

做个鱼贩也是做个自己。东港仔做豪迈的海口人，我则是想当每个客人的占卜师，不按星座血型，而是透过我所看到的客人模样，给出每日"鱼"势。

每日鱼势准不准，客人来几次便知道。记得，来跟我买越多次，我的预测就越准喔。

切掉鱼头

一周光顾两次的女客人，我替她把鱼头、鱼腹分装好，让她更方便煮。

她却留下那袋鱼头、鱼腹，说："帮我拿去丢了，谢谢。"

她一开始叫我帮她选几尾鲈鱼，称好之后，她又问有什么鱼适合煮汤。摊位上有澎湖的玳瑁石斑和东石的石鲈，我各抓起一尾，翻鳃，手拿着鱼头，鱼身硬挺。她说她要看看，我把两尾鱼放在蓝色塑胶盘中，再多抽一个塑胶袋给她，避免沾手。

戳了戳鱼身，轻轻地。

捏了捏鱼腹，轻轻地。

我猜她并不能分辨鱼的新鲜，"都很新鲜啦，小姐。"

她挤了挤鱼腹后段的泄殖腔，玳瑁石斑渗出透明液体，石鲈则是黄白颜色的。她拿掉塑胶袋，手指抹过，闻。那是确认鱼体有无咕咾石味的方法，进入内行人的第一步：不怕鱼味。

她把那两尾鱼放入盘中给我，表示再追加这两尾。我称赞她是内行人，她只是微笑，交代了把鱼头、鱼腹两旁的肉切掉。是为了煮汤多几块肉吧，我想。杀好鱼，我把那些鱼头、鱼腹另外包装。

我一直认为，我提供给客人的服务很好：鱼分切后进冷藏室，冰箱的风吹干鱼身，鱼身没有血水后，再依照用途包装；甚至客人不用多说，便依照他们的饮食习惯杀取。我将那些鱼头、鱼腹分装了，补充一句“这样比较方便煮”，她却把那袋鱼头、鱼腹放在摊位上，说：“帮我拿去丢了，谢谢。”

鱼眼与鱼腹的肉、血，看起来不像食物的样子吗？或是她跟我一样，是个不会吃鱼头的人？我没多问。

这个客人一个礼拜来两次，每次都会买几尾鲈鱼再加两到三尾的海鱼，每尾海鱼她都会挤泄殖腔。三角鱼挤，马头鱼挤，没什么内脏的长尾鸟也挤。看着她手指抹抹石狗公粗砺鳞片下的孔洞，很想跟她说那种鱼不用闻，只是徒沾鱼腥而已，但又不想吐客人的槽。

当她拿起一尾腹部干扁的红目鲢，我说："小姐，你很内行喔，海鱼都要挤跟闻。闻到有臭再跟我说嘿。"那尾红目鲢，挤不出什么。

"以后这种海鱼不用挤了，这种事我帮你。"我说的这句话，她没记起来，下一次来，她还是闻。知道她闻了若没问题就会买，我没多制止她。买多次之后，熟了，我问她干么每次都要闻，她只说买过有漂白水味的。其实鱼体有咕咾石味，不是被下药，只是食物链的关系。

买到有味道的鱼，公公不吃，老公碎碎念，整包鱼丢掉。她描述那天，她家的厨房飘着像是电镀时发出的金属烧熔气息，抽油烟机抽了整夜都抽不掉。卖她那尾鱼的鱼贩，隔天的回答跟我一样，说那是咕咾石味或消化液的味道。

后来，每尾海鱼她都会挤挤那个地方。

"你有吃过那种味道的鱼吗？"她问。她又说她没吃，因为她吃素。

我吃过。金线、三角、石鲈、马头都是有那种味道的鱼，那些都是货底，客人挑剩或是开起保丽龙箱时闻到就打掉不卖的鱼。货底的鱼往往鱼腥味较重，咕咾石味的鱼毫无鱼腥味，但比不新鲜更难吃，因为如此，第一次选鱼时，我也像她一样每尾都挤挤屁屁，闻闻味道。鱼贩都说那叫作屎洞味。

后来，我直接帮她选了，在她面前走一次我平常批发时选鱼的流程。先看身体光泽，拿起鱼感受身体软硬，轻压腹部，抹过泄殖腔，闻。不用翻鳃，不用硬压感受弹性（这两点做了，感觉有点外行），她只需说好哪几尾并付钱，我便会处理得很好。

她总多说一句，记得将头与腹部拿掉，她不要。一旦我家帮忙杀鱼的表哥忘了这个步骤，隔天她就笑着说，你知道我昨天切那颗头多累吗？

“要把头与腹丢掉，鱼头和鱼腹最多毒了，记得。”

对她而言，吃头并不是三分补，她公公不吃鱼头、鱼腹，不是因为吃起来麻烦，只是会有浓郁的味道，只是身体无法负荷较高的营养和可能存在的重金属。医师并没有跟她和公公说为何不能吃鱼头、鱼腹，只说鱼头、鱼腹比较毒。

我说，公公不能吃，你可以吃呀。但她吃素。

她是为了公公吃素。

“不是信仰……啊也算是啦，去拜拜有跟神佛说，神佛不会给你答案，但公公有好转一点，就当神佛有给回应。”问她为何吃素，她回。

“不是为了还愿，没人叫我还。我总不能煮满桌的菜，公公吃特殊的吧。”

“先生小孩呢？”我问。

“吃别的呀。”她回。她还是煮了满桌菜放在厨房吧，我想。

我想象的不只如此。清蒸海鱼、烫青菜、活力汤（蔬果汁）、糙米饭。原色、原味的食物，她的公公面对着圆桌。“爸，你先吃。他们等等吃。”

她的公公用筷子选着要吃什么，“无味无素无趣味。”刚开始患病的公公会这么说吧，会吵着要吃以往爱吃的卤肉、煎得干咸的肉鱼吧，“你又不是不会煮，只会燃、只会蒸。”会这样抱怨，甚至说得更难听：“厨房只剩电锅而已吗？”

这些都不是丑化，我幻想陪伴者遇到这些如同地板细沙、不会影响什么却令人在意的碎碎念。“公公不是恶意的。”她会这样跟旁人说吧！

“我先生跟小孩，他们吃自己的。我会先陪我公公吃。”

圆桌两人相邻而坐，一尾红目鲢，给公公一个人吃。“你那么瘦，吃一点。”鱼盘推过一点，她没有动筷。她面前是豆类、与公公一样的青菜、偶尔懒惰会有的面筋。公公不能吃面筋的甜与咸，她又洗过，看起来更难吃了点，但公公不会说“你有我没有”的任性话。公公将鱼推过来，她又推回去，一次两次三次，她没有说为何不吃肉不吃鱼，她会跟公公说：“我吃菜了，吃素了。”

“何时信教了？我家没那么虔诚。”公公会这么说。

“没啦。”她还在想，要回是为了健康吗？谁的健康？会不会在生病的人耳里变得讽刺呢？还是要说减肥？说减肥一定会被骂，骂说那么瘦减什么。“想吃素嘛。”她还在想，要不要说自己在灵修瑜伽有机饮食什么的怪理由，但公公一定听不懂，算了算了，她想。

她先吃完分量与公公差不多的餐点，公公叫她先去忙，她说不用。她注意她公公喜欢吃什么又对什么生厌，讨厌的食物如果是一定要吃的，她脑中还得想下一次要打成泥或是剁成碎，包成鱼丸好了。当那些煮食的点子跑出来，她又开始顾忌会不会两样都不喜欢吃呢?

公公夹鱼，她盯着鱼肉的边缘，留意有没有会透光如玻璃针的细刺。小孩卡鱼刺，顶多送耳鼻喉科，老人卡鱼刺，会说要吞一口饭、吞醋这类错误的方法，搞不好还要送医，感染什么的也麻烦。

“稍等一下，有刺。”她挑起。

幻想至此，她买这些鱼回去后，一定是自己剖开拉刺。

“要帮你剖清吗？”我问。

“可以吗？会不会麻烦？”她回。

会麻烦，但我帮你做总是快一些。鱼在砧板上，鱼刀对着鱼头，手往刀背一敲，头身分离。将鱼腹肉剪掉，拿起鱼刀扫扫鱼身上的鳞片，将尾部划口，拉深深一刀至头部的背肉。翻面，一样的工法。接下来，朝鱼的腹面划刀。

两片清肉，拿纸巾包起，装入塑胶袋。

一片鱼骨，拿起鱼刀将脏血切掉。

“鱼骨还能煮汤。我杀很快吧。”

边说边帮她拉起鱼身藏在肌肉里的刺。

她笑了笑。

“谢谢。”她说。

伪装鱼贩的指南

想当内行人，就要在正确的时间，扮装成正确的角色。

基本标配外，内在的展演是重点。

常有人问我怎么买鱼。有些人问鱼的鲜度、去哪里买，还有些人想要变成内行，不要被人看低。

伪装成鱼贩？鱼贩 Cosplay？可以喔。我也想写一本《如何伪装鱼贩一次就上手》，但装成鱼贩能买到比较便宜一点的鱼之外，没有其他好处了。

该怎么装呢？先从穿着开始。

首先要有个斜背包，两层三层内里，一层要有魔鬼毡能装手机，防止手机掉入保丽龙内的海水冰、掉到积水的地上；一层要有能放货单的地方。批发市场没人在背后背包，卖方鱼主比较喜欢用霹雳腰包，腰包放了什么？笔、商标纸跟零钱。作为买方的批发鱼贩，用霹雳腰包太小，斜背包才够放每日的货钱。别怕包包沾到鱼的黏液与血水，让它脏，把这些沾染都当成日常，才可以伪装成一个鱼贩，这点不单指包包，连鞋子衣服都是。

可以不用穿雨鞋，但不要穿高跟鞋、皮鞋。不穿雨鞋的批发鱼贩，有每天脚都被水泡白的拖鞋党，还有像刚入行的我，觉得雨鞋太硬而穿运动鞋的人。我们都不怕沾染，工作用的运动鞋面布料干了又湿，附着积水、积血，鞋面网布有鱼鳞不用清，久了网布会变硬就得将鞋丢了。习惯穿雨鞋吧，格菱纹、军靴型，甚至帆布鞋模样的胶鞋都可以。但最正统的还是高过小腿腹的达新牌雨鞋，高筒可以防止后跟踢水和后面走路不看路的鱼贩踢起水花。记得把裤脚塞进去。

如果有这两个配备，鱼贩力已加二十。

至于要不要穿多口袋背心，大众媒体上的鱼贩形象大多是穿多口袋背心，不是那潮潮的战术背心，就只是很多口袋的那种。我能理解钓鱼人需要这种背心，但鱼贩不用，我们有跟哆啦 A 梦百宝袋一样的斜背包，不需要茄子蛋《浪流连》MV 里头吴朋奉的穿着。穿上最不想要的衣服，臭了坏了都没差的那种，冬天穿个防风外套，要让旁人感受到“我来工作，我来买鱼”。

鱼贩的外在只需要斜背包加一双雨鞋。内在的展演更为重点。

先说好，要学学整套。

在水洼片片的拍卖场中，挺胸大步走，踢起水也没差。遇到走很慢的一般民众，大声喊借过，够有勇气就喊：“烧唷！”明明很冷，也要喊得很烫，手上有炭烧火锅一样，他们不让你让谁。看到很多保丽龙的推车要闪，要不然就走得比他快，不要扭捏停在那，旁边的批发商看到你这样，会想：“这人散客。”不是不讲礼貌，只是时间很贵也很少，三点到五点是批发鱼商的精华时间，要快点卖，八点前下班，八点到十二点补眠，下午两点开始叫货，晚上八点睡觉。什么时间都不能浪费，一有迟疑，事情就会塞车。

节奏继续保持，一到鱼摊，别急着问老板推荐什么，作为一名伪装鱼贩，怎可以要人推荐？先在家中读一下鱼图鉴、鱼月历，不要跟老板讲学名，没人听得懂，先讲俗名，例如肉鱼就肉鱼，不要讲疣鲷；红槽就红槽，别讲银纹笛鲷。

做人可以温柔，眼神务必锐利，看向可辨认的鱼种，直接问："这多少？"老板说个价位，别问是公斤还是台斤，一问就会让人心想："你是来市场买菜喔？"批发市场都是公斤计价的，台斤是公斤的零点六倍，如果觉得贵，就说声谢谢走人（可以不买，但务必感恩），如果觉得价格可以，要问是实价还是要灌分，灌分是指要不要加行费，通常是百分之七。

如果没有直接给实价，而是标价加灌分，要暗自窃喜，表示鱼商已将你当成真正的批发鱼贩。在批发市场买鱼问价格，脑中自动乘上灌分是常识，如果要杀价也只能透过灌分的百分比去砍，顶多砍个两趴，鱼商赚什么？赚转手的钱。

在批发市场买鱼，刻意装懂没有好处（应该说人到哪都不要刻意装懂），看马加鱼说土魠鱼，指变身苦说石鲷，很常听到这种笑话，没人会把这种人当肥羊，只觉得很蠢。

想确认鲜度？请动手摸，摸鱼后不要犹豫，将滑黏的手往屁股一擦，擦上衣也行。不要跟批发鱼商要什么卫生纸，够熟就会给你，不熟就"烦欸你"。不能捏、不要压，可以打开鳃盖闻几尾，可以捏泄殖腔闻异味，但别捏鱼身。合格的批发鱼贩，必须在拿起鱼时知道鱼的鲜度，更明确地说，用看的就得知道行不行了。不要装懂，装个样子还可以接受。

当买到人生第一篓鱼，会惊讶为何如此便宜，会觉得自己的扮装幻术骗得了世界了。错，一句话就会毁了你的扮装，一台买菜用手推车就能闻到菜味。

当鱼商帮你打包好，你可以很酷地提在手上（对于批发鱼贩而言，提十公斤的塑胶袋负重走个十分钟是小事），像市场大妈提很多袋反而不酷。可以跟鱼商说打些冰块寄放一下，如果要保丽龙盒还得问有没有漏水孔，有漏水孔就提醒别打冰（除非想让车变成水车）。买太多提不动的话，别傻傻拿推车来推，还拿自己的菜用手推车，弯腰推起喀啦喀啦的轮胎，光想就很逊。

“老板，可以帮忙送到车上吗？ AXX－＊51＊。”飒爽地报上车号，切记，要飒爽。

“哈？”

“＊51＊，后车门没关，黑色小轿车。”

专业不失豪气的表现，帅且效率。

切记在后车厢放上防水材料，送货的不会管你后车厢会不会淹大水，除非跟我一样已经习惯那样的臭了。

学到这里，恭喜，你已完成伪装批发鱼贩的百分之十五进度。

研究所肄业之后，当兵回来的我花了一两个月学这百分之十五，写起来很帅，做起来很累。选到烂鱼，被偷笑；选到好鱼，没人肯定。

一开始，我连自己的车牌号码都记不得，提着大大小小的塑胶袋在拍卖场走，还被当成散客大户，每个人都叫我帅哥，我还以为我进了早餐店那个只有帅哥美女的世界。穿着会渗水的球鞋，买两个小时，手酸脚湿，买贵被骂，买丑被笑，回到车旁得巡自己的货有没有搬对，几次放到邻车，几次少了一篓。开车时默背车号，将鱼商鱼摊上的鱼默记一遍，拍卖场的拍卖价格当成股市 K 线图想，边想边开，好想睡喔。天一亮，光直射双眼，醒来，我在哪我是谁，在哪个车道又哪一条路。

对喔，我是正在学习如何装扮成一名批发鱼贩的鱼贩之孙。拿出斜背包里头印有我家商号的“丸峰”商标纸，我学了百分之几了呢？

“丸ㄅ，那个多少？”我问。

“哪个？”他回。

我用下巴点向想要的鱼，他报价格，我说全包。

用钱累积帅气，课金累积熟练度，最快也最好，不要听信什么杀价可以变专业的话。要累积伪装批发鱼贩的经验值不难，每次去采买，记得待人和善，笑脸迎人，最重要的是要潇洒地采买，然后，报出车号吧。

如果你只要买一尾吴郭鱼，别去添乱了。

讲到这，还有百分之几没有讲。如果真的想知道，来找我，说多了必有回响，到时记得买一本《如何伪装鱼贩一次就上手》。对了，伪装批发鱼贩记得要早起，起不来便不要睡，六七点已人去楼空，剩下啄地面碎肉，帮死去的鱼做天葬的小鸟。最后才到的鱼贩要不买到最便宜，要不买到最贵。

伪装的人就像是伪装的，正确的时间扮装成正确的角色，穿上批发鱼贩的迷彩，买鱼去吧。

辑二　鱼贩日常

贵人与小耳朵

三十岁那年，我决心离开父亲，离开家里的鱼摊。

五专时，艺术赏析的老师懂面相与手相，他看着我的脸，指着手掌上的一条线路，说我的那条线跟小耳朵注定没有长辈缘，还说我额头不美，鼻子很好，下巴也不错，笃定地说我三十岁时，人生会转好。

三十岁后的长辈缘呢？我问。天机不可泄露。他笑笑地说。

我一直记得这些话。

三十岁，我二儿子出生的前几个月，爸拿支票跟我调现金，支票期三个月。孩子出生与太太坐月子准备的钱，被我爸拿去周转，一次两次，后来，三天就周转一次。开了四五张支票，孩子出生、太太坐完月子都还没到期。自己爸爸嘛，总不会害儿子，我想。

直到太太生产的那天，爸嘴说恭喜，下一刻他叫我出病房，我知道那是借钱的口吻。

孩子出生，他没给媳妇红包，只是说辛苦了。

借多少？我问。

九万。他说。

我叫他自己去放钱的地方拿。隔天，我听到他跟地下钱庄的通话。趁他不注意时回拨，我的小耳朵贴着话筒紧紧的，问了对方，什么时候要还。对方警觉地说你是谁便挂掉。我将电话抄下，用我的手机再打一次，我说有资金的困难，他说起夸张的利息。那是孩子出生的第二天，距离我三十岁的生日剩一个礼拜。

孩子出生的第五天，我将还放在原生家庭的家当都搬到太太娘家，二十坪的两房公寓窝了五大两小。第九天，我的生日，连一杯手摇饮都不敢买，小姨子请我一杯红茶，就算是微糖都好甜。

三十岁时，我人生没有好转。

算错了吧，老师。

真的没有长辈缘呢，老师。

还清一部分爸的债，我说要离开他的鱼摊，他叫我留下，说他一人还不完。我留下半年，才发现他欠得更多，我以为我能走，才发现自己没有其他专长，读了一半没毕业的社会学救不了我，毫无工作经验，留在鱼摊的半年只接到保全[1]的职缺。曾想过考公务员，但五专的学历，起薪只有三万出头，养不起两个孩子。去开计程车？但当初买的房车已拿去还债。

宁愿一无所有，却背负重担走在粗砺的路。

问自己怎么办，该怎么办？无声地小声地，那些声音在睡前闭眼时巨响。这是家丑吧，不能外扬。但内心是痛是苦，跟谁说呢？我说不出装睡的人叫不醒，叫不醒的是我爸。醒的是我，难以入睡。

“阿伦，你还好吗？”英雄餐厅的阿元问。

在我爸的鱼摊卖鱼时，我已经开始交货给南投的英雄餐厅，不是缺钱才送，而是因为喜欢阿元的料理。一个月去那吃饭一次，久了熟了就从客人变成货商，每次送货总

1 保全：即保安。

在他家聊很久。那段时期他总问我要怎么走，我说我不做了，要去开计程车了。他那时正要迁店到台中，离我老婆家更近了。

“开什么计程车啦，拿鱼来卖我。”他说，甚至想好要如何帮我推销。

没有资本怎么创业？当时钱都拿去还债的我这么想。但阿元把我推荐给他熟悉的主厨，跟对方说我有点困难，可以破例让我现结吗？

我还在犹豫要不要当保全时，他已经帮我敲了好几间的餐厅。不做不行，那是阿元的好意。几次跟他说，我不想卖鱼了，他总说你耳朵太小喔，都给你路了你还不走。

耳朵太小，没有长辈缘。阿元与我平辈，有平辈缘总可以吧。三十岁又六个月，我开始做起餐厅批发的生意，离开了原生家庭。

看看自己的手相，已经忘记哪一手是前半生，哪一手是后半生，更不用说家庭线、父母宫了。怎么看得出哪条线会在哪时断掉，哪条线会接起来。能将好的地方黏着，有时是靠自己，有时靠的是贵人。

断了一条色泽近血的粗绳，里头的系扭结。抽出里头的系，裹在手掌，关节无法弯曲，久了习惯了变成固着。

要将坏的地方剪开，有时是无法靠自己的。一开始没有盈余的批发生意,几个月后好转了些,便跑去找阿元庆祝。

其中一道菜是炭烤鲍鱼，那并不是阿元的菜，而是另一个主厨凯维的。旁边的酱汁是苦苦的鲍鱼内脏，阿元说菜时，说起鲍鱼的内脏会回甘，跟人生一样，我笑了笑。

阿元上了他的花园沙拉，撒上薄薄的黑糖，他说菜是生冷，黑糖是暖。又说有些菜会有点苦，加上酸或是甜会很有趣。他说着什么菜是苦的，我吃不出来，或许早已被中和。

还可以吧？上完菜他问。我说可以，不管是哪一部分。

阿元店里挂着一幅“不时不食”的字，意思是只用季节相应的食材，时时应对，时时料理。三十岁又九个月，我才知道不要让自己硬吞不合时宜的苦。不知道自己的命走到哪个脸部器官或是手相位置，只希望命已经走过耳朵了，硬要得到某些长辈缘的小耳朵，太累了。学着不时不食，也是对顺时令地走，说是命嘛，有点太过厚重。

三十而立之后，重新当个专职餐厅批发的鱼贩。回到艺术赏析老师的预言，要如何验证我三十岁后的人生会好转，要质疑，不如相信。看看自己的掌纹与皱纹渐多的脸，我想，认真思考后再做决定与转向，一切会好一点吧。

骆驼先生

不再做市场的生意，最挂念的就是那些老客人。

比如骆驼先生，从阿公年少卖鱼时就是我家客人，到我这代，更视我如孙。

“拜二、拜四爱先留骆驼（lok-tô）先生的赤鯮。”开始学批鱼时，阿公把许多客人的习惯说给我听，他特别嘱咐了两个客人的爱好，一个是种荔枝、逢年过节都会送带壳果干的春夏阿公，另一个则是种米的骆驼先生。这两位从阿公十七八岁结婚开始卖鱼，便向阿公买鱼的客人，怎么也得好好顾。

后来，春夏阿公大多叫女儿或是家事帮佣来买，我配好固定的鱼，他们来取货。而不管刮风下雨，周二、周四，八十好几的骆驼先生都会牵着他的古董脚踏车，跟他的外籍帮佣一起来报到。偶尔没来，下次遇到时我还会说他迟到、旷课不请假。

中部要买赤鯮很贵，有刺的鱼不太好卖。赤鯮煮好时，把背鳍与控制背鳍的刺一同拉起，就只剩中排鱼骨刺，对我而言，没有细刺。只不过，客群大多是小家庭，食鱼知识不足，要传授如何吃鱼的知识，不如直接卖给他们简单食用的鱼：鲑鱼、旗鱼、大比目鱼，这些鱼没有刺，他们也吃得安心。

但骆驼先生不怕刺，甚至还找起九母梭这类刺多得像是针叶的鱼，他也是少数说肉鱼不好吃的客人。他喜欢吃有明显虾甜味的鱼种，向他推销过东北角的姬鲷、南洋金目鲷，他都说好吃。

会叫骆驼先生，是因为他姓骆，又爱四处闲晃（台语叫作“乐跎”）。他最爱吃赤鯮这点，怎么都不会变。

他常叫我去田里看看他，我笑他八十几岁了还种田。“毋做会死。”他说了双关，我陪他笑。

他跟我要了一根烟。我边说不要抽了啦，边把烟给他。他说我这样很像我阿公，边道德劝说边给他烟抽。阿公还会给他槟榔。在还没有室内禁烟令时，我不时会请客人抽烟，甚至一开始批货时，不抽烟的我斜背包里还会放一包烟。有人向我要烟，没人跟我要过槟榔，阿公则常会买一包烟、一盒槟榔，只请骆驼先生，常常吃不完坏掉。

后来烟越来越少人抽，阿公的一包烟、一盒槟榔，都只请骆驼先生。“臭殕烟（霉味烟），苦涩槟榔。”阿公请骆驼先生时说。两个老人接着聊起一些往事，没几句话就拉回那个只有脚踏车，没有汽车的年代。骆驼先生说起阿公年轻时种田在哪种，以前多苦什么的。苦过了，才喜欢吃甜味的鱼，我想。

两个老人说完往事，骆驼先生会叫我们两祖孙去田里寻寻他。后来我家的田为了还债卖掉了，他知道我家没有田了，就不再叫阿公去寻田水，只叫我去看看他，就像每个周二、周四他会来看看我。

从我国中开始，他就单买赤鯮，三尾赤鯮，身体画线，抹盐是他的习惯。问过骆驼先生为什么只买这种鱼，他回他老婆爱吃。在我读五专四年级时，骆驼先生的老婆往生，我以为他不会再买赤鯮，阿公仍然批了几尾赤鯮放在摊前，等待他来。

丧事后几周他没来，我们家那段时间常吃卖不完的赤鯮。又见到骆驼先生时，他身旁多了外籍家事帮佣，一人一台脚踏车，我问外籍家事帮佣要吃什么，她摇头。我问骆驼先生要买什么，他说赤鯮。

“你欲吃喔？”

“对，若无换伊呷。按怎，无想欲卖喔？”

骆驼先生身体硬朗，无病无痛，子女帮他请外籍家事帮佣，是为了相伴，让八十几岁的老人骑在产业道路上，有人瞻前顾后。帮佣叫他阿公，骆驼先生待谁都像是待孙，连我都像是他的孙子。逢年过节我会送他一些鱼虾、丸子之类，他都说不用。我回，像送阿公一样，过年记得包红包给我这乖孙喔。

女友年节来帮忙，骆驼先生会说，阿伦这臭小子还能交到好女友。女友叫他骆驼阿公，说这阿公识货。骆驼先生还会叫她换一个男友。

结婚时，我没发帖给骆驼先生，哪有鱼贩向菜市场客人发帖的道理？但骆驼先生塞一包红包给我，我推去他推来。“憨孙”，他说。那天，他买了鱼后我又多给他三尾。提起装鱼的袋子，他看看里头的鱼，又说了一次：“憨孙。”

离开鱼摊后，回雾峰市场买菜，还是会遇到骆驼先生。他会叫我回来帮忙，我就跟他吐一些苦水。

“阿公，没烟可以请你。”

“戒了戒了。”牵着脚踏车的他说。

骆驼先生还能骑脚踏车，还很硬朗。

“要保重。”他说了我想说的。

本来要问阿公往生了，他应该知道吧。最终我没有问，怕一问感觉更孤单。

孤单的是我，那些待我如孙的人，一一离去。

当我离开鱼摊，等同于切割原生家庭，问我不舍吗？其实还好。令我不舍的，反而是在鱼摊工作的情景，那些八十几岁老男人的笑话，拍我的肩叫我加油，或是过年特地送来的米与水果。

我那样离去了，停下来书写才开始回想。

离开家里的鱼摊后，剩爸一人在做，每周一、二休摊。我回故乡总选周二，除了避开我爸，也是想看看骆驼先生会不会来采买。以前，他差不多在九点半来。我坐在无灯的摊位上等，几个以前的熟客看到我认不出来，认出来的就会问我何时要回去卖鱼。

周二，骆驼先生没来。

周四，会来吗？

周四九点半，我在摊位附近等待骆驼先生，远远看着鱼摊，没有赤鲸。他依旧牵着他的脚踏车，买了几尾他不爱吃的肉鱼。

“我毋欲吃，伊呷。”他会这样说。

我没有忘记他总是周二、周四来，三尾赤鲸，画线抹盐。如果没有赤鲸，我会跟他说北三角海浪大，没人出海钓赤鲸。如今，我有更多赤鲸的源头：东北角的钓客、台东富冈的货主，但已不在鱼摊，又怎么能卖给他？

那是个没有大浪，风平浪静的好天。但没有赤鲸，他与外佣骑脚踏车离去。

我很想他们。

阿公，骆驼先生，几个特别好的客人，我不会跟他们说我离开鱼摊的缘由，只想跟他们说他们喜欢吃的鱼有什么煮法，或是问问他们为什么跟我们家买鱼。

想去客人家吃晚餐，看看他们家是不是跟我想象中一样。我想，跟他们吃饭不会冷场，他们就像是熟识的朋友，像是家人。

从卖鱼学习与人熟悉，从卖鱼熟悉了人。

当市场鱼贩时，客人叫我去他家玩，常以为是客套。不当市场鱼贩后，才知道有感情，没有客套，那些都是真心邀请。

骆驼先生的田在哪？我没有问。也许该去看看他的田，该送几尾东北角的、日本的、中国的赤鯮，一起晚餐，一起吃煎成干干、黄色的透红的鱼。

是的，主厨

跟餐厅厨师通电话，讲的是生意，也是友情。

十句话里七句不正经，一句梦想，一句感叹人生。最后一句是加油。

不做市场摊贩之后，不会有客人叫我阿弟。生疏的客户会用商号的名称称呼我，年轻的厨助叫我“伦哥”，熟一点的就叫我“阿伦”“伦乀”。

以前的同行都说我做这途比较轻松，我点头称是。不用应付各种客人（例如奥客），餐厅比价不能交就别交，看似很有个性，也不太需要人际交往，但当一个批发鱼货给西餐厅的鱼贩，工时不会比市场鱼贩短。早上五点多起床，送货寄货到下午两点，晚上得等餐厅打烊，再一则则LINE传送叫货讯息。偶尔，穿插几句抱怨、几句称赞。

每间餐厅的员工平均三四个月会换一两个，叫货的群组就退出一两个人，起初还会问那些人去哪了，后来才知道这是餐饮业的常态。退出群组的厨师，有些会私下加我好友，找一些货源，有些是辞职前就常在群组和我聊天，从公事聊到私事，聊到变朋友。他们会问我一些人生规划，说“伦哥你经历广”，我总回哪有，我新鲜人，才刚出来创业。

有一阵子，小伟总爱在十二点来电。刚刷完煎台，他跟主厨说再见。

“你骑车小心点。”主厨回。

“Oui, chef.”我在电话里听见小伟说。

“当兵喔，靠，下班别在那 Oui,chef 了。”我说。

老伟士牌的嗒嗒声是主厨品味的象征，没多久，骑远了。小伟坐在自己骑了七八年的摩托车上，仪表板旁的塑料已褪色又满是刮痕，刮痕哪里来的，他不知道。

“伦伦。”他都这样叫我。

“我都不用睡吗？要叫什么货，大石斑喔？”我回。

“不是啦，下一季的菜单要用什么？我去跟主厨提案。”

他们餐厅每一季的菜单都有几样会由领班、副主厨提案，小伟负责鱼和肉台，跟他竞争的人有两三个，他们餐厅配合的鱼贩也有两三个。这一季的晚餐是石斑，上一季的晚餐用青衣，都是小伟提案，上上季的晚餐则是另一个副厨，午餐用我家的鱼。

“就很竞争。谁知道主厨要升哪个人的职位或介绍去国外的餐厅实习。整天说风土，谁知道什么风什么土？吼唷，伦哥帮帮我，帮帮我等于帮帮你。”

“知道。不要啰唆。”我回。他打了个喷嚏，在台中的我不知道十一月的台北已微凉。

不要白旗鱼，上上上季我叫主厨用过。他说。

那白带鱼呢？

另一组用白带鱼呀。

“吼唷，你可以用枋寮油带（黄鳍带鱼，比较细）。”

“谁吃得出来？”

要不然，肉鱼？白鲳？

小伟继续打枪。

野生黑鲷如何？

“会不会很像吴郭鱼？”他问。

我骂了几句脏话。“不然你叫马头鱼，北部人最爱脆鳞马头鱼。你出出看呀，你看你 Chef 会不会跟你说 Oui，会不会跟你说 Creative。风土、风土，跟人的风就最土，你懂不懂呀？”

“懂懂懂，伦哥我最懂。”他叼着烟笑，笑声有点不同。

我知道他跟他 Chef 最懂，因为他们用我的鱼，不时就打电话来问下一季菜单要用什么。主厨只要跟人说话带脏字，代表跟那个人很熟，小伟则是常在鱼的品质不稳定时来电，偶尔帮我按捺主厨的情绪。我听他抱怨着餐厅得了什么奖，导致客人多得比华江桥上的机车还多，订位得排三个月。我问他，我有没有得插队？

“问这什么问题，三八兄弟，你伦哥咧。”

“那后天？”

“你来，来吃员工餐，吃厨余。”

还没骂他脏话，他又说起餐厅的八卦，说会计最近很刁价格。我听到这句话，就知道自己的价格利润得抓紧一点，要杀到其他海鲜商要卖可以，不卖也可以的程度。但我无法通灵，所以总问小伟其他鱼贩出的价格多少，再给他海鲜咨询当作给他的服务费。

与小伟的午夜聊天，最精彩的都不是他的公司事，而是八卦，谁跟谁闹翻，或嘲笑起某家餐厅的“低温熟成日本宫崎和牛低温烹煮佐薯泥辅OOXX酱”要如何一次念完。

我问他，这道菜翻成白话要怎么说？

“冷藏好几天的泡温水和牛跟薯泥。”小伟的答案听起来超难吃，但实在。

“这业界不装个样子好像会死。”小伟再说，而我只能用八卦回应。

我说起一次到北部拓展业务，先问了刚认识的主厨：“你们觉得什么鱼好吃？”我多想要他们回金目鲷、小黑鲔、春天的鲣、冬天的土魠鱼，却遇到一个装懂的主厨答“长尾鸟”。一种长得漂亮、吃起来普普通通的鱼。

许多人都叫他装懂哥，我试探问他爱用几公斤的长尾鸟，装懂哥说十几公斤。但台湾十几公斤的长尾鸟超少，装懂哥真的懂吗？

“装个样子。”小伟说。

装个样子，装懂哥还得烙上几句法文，说那种鱼台湾有啊，但为啥找不到好吃的？我查了那句法文，七星鲈，立刻回他，那是冬末春初的马祖鲈鱼。他又说马祖他很熟，跟马祖很熟的意思就是淡菜、淡菜，还是淡菜。马祖没那么贫乏，我心想。

这种业务会面，最后还是会提到价格。

“长尾鸟，一公斤七百，你说贵不贵？”我问小伟。

不等他回答，我就跟他说装懂哥都拿一公斤四百的。

“你怎么回？”小伟问。

“我回他，你卖给我。”我说。

我跟装懂哥说，他买的是东南亚货，“不对，台湾拿不到这么便宜的长尾鸟，会不会是主厨您搞错了台斤或公斤呢？”但装懂的人装到底，死都不认为自己有装。小伟笑了，笑说我不会做生意。“Oui, chef. 要在这时候讲啊。”他说。

一周后，小伟说十二月要用清蒸黑鲷，西瓜绵，豆腐乳。

十二月到了，我便吩咐黑鲷钓客，要钓到冰箱满满。有鱼了，小伟却说菜单季节还没到，旧菜单的库存还有，不能跟我收这批黑鲷。那些黑鲷放不了几天，不新鲜宁愿不卖，赔钱也得销掉那批货。

我拨了通 LINE 给装懂哥。

“主厨，这里有一批很漂亮的手钓黑鲷，公斤四百含运费。”

装懂哥问我是谁，下一句说太贵。脏话差点出口，但装懂哥跟我不熟，只能说声谢谢，他说了声Oui，却没有买。

又两周，小伟从采购那边下单，采购打出一张公斤四百限定价格的黑鲷。说是主厨从装懂哥那边听来的，说我有好便宜的黑鲷。我哀号，当初是为了断尾销货，最后利润却断尾伤身。

我哭哭，装懂哥真的懂。我只能跟小伟哭诉，讲到后来，价格调到我赚一成的利润。

没关系，我卖的是友情。虽然友情换不了什么钱。

又一次深夜聊天，菜单早就从黑鲷换成鬼头刀，但不是小伟出的菜，与我无关。

“下个月我不做了，谢谢伦伦。”他说。

我安慰小伟一次比菜失败不算什么，他才说他要开店，我又转口说恭喜。

小伟回家乡开了家小小的意大利面店，不用现流海鲜，我要给他几个冷冻大盘的电话，他说他有货源。

“要不然跟你一起去卖海鲜呀。”他说。

“拜托不要，你去卖面，我还能叫你声 Chef。”我吐起一大堆比鱼胆还苦的苦水，他没有笑，偶尔传来几声烟咳。

“该回去睡了，小伟。”我说。

市场鱼贩要观察顾客，是透过买鱼、卖鱼的过程，知道顾客的生活与习性。当批发鱼贩的我，则是在餐厅叫货完，透过几通厨师的电话知道餐厅的生态，更重要的是那些厨师的私人生活。我没有跟他们说我的梦想不是卖鱼，总是很实际地分析他们想做的事与那些梦。十句话里七句不正经，一句梦想，一句感叹人生，最后一句是叫他们加油。

有几个厨师会失败，回到原本的餐厅群组，又或是会在其他店的群组里看到熟悉的名字。送货时遇到这些人，我不会主动提及他们过去任职的餐厅，只是点个头，打声招呼。熟一点的厨师若自己创业，就算没叫货，我也会去捧场。有些开平价餐厅，有些剑指米其林评鉴，也有些从西餐转到日料。但没几个像小伟这样回乡开店。

以为小伟的店会是平价餐厅，本想这样也太大材小用，后来搜寻，Google 评论四点五颗星。点入菜单，每道菜名都长得无法一口气念完。去吃过一次，外场一位，内场有小伟与一个厨助。厨助接到指令便喊："Oui,chef."

菜很棒，吃起来是他梦想的味道吧。

我在评论下面留了五星："意大利菜，喊个屁 Oui。"

装个 Chef 的样子嘛，他回。

时价

时价是客人得时时知道市场价格的简称。

在海产店点菜，我脑中尽是海鲜的实价登录以应对时价海鲜。

台湾海产店的菜单，最难懂的不是鱼虾贝的名称（看不懂顶多吃炒饭配炒青菜），而是“时价”。字面上我们都懂，但时价菜的价格可以列为台湾十大谜之事件之一，能与时价相提并论的是路口自助餐店店主的眼神计价法。

身为鱼贩，我非常少出去吃海鲜，一方面是怕不新鲜，另方面是价格我都知道多少。

台东龙虾一千几百五十、南非鲍鱼一千多、牛奶贝几百、海瓜子多少，甚至海产店牌子上写的海鲜产地与渔法多么胡诌，都能一一订正。关于海产店的时价，因为每尾鱼的重量都不相同，季节、离节庆近不近也都会影响价格。

时价是客人得时时知道市场价格的简称，如果客人不知道，则变成海产店时空与良心的秤价。

“走啊，吃海鲜。你不是海鲜达人吗？”太太说。

“对啊对啊对啊对啊。”岳父岳母小姨子儿子女儿都一同回应。

要跟我吃海产店，我会点凤梨虾球（想吃没味道的发泡虾仁与美乃滋）、炒牛肉、炒蛤、炒饭、炒青菜。但这样点菜，谁受得了。

“是会不会点？”太太说完，将画好的菜单撕掉，丢到装虾壳鱼骨的垃圾桶，自己走到海产摊的冰柜与活物柜前。

怎么能输？我追上去。

“姐姐，请问你们的波士顿龙虾多少钱呢？”太太把点菜阿姨叫成姐姐，嘴甜价格会甜吗？

“波士顿龙虾不要在圣诞节至春节前后吃。”我小声在太太耳边说。

“为什么？”她声量不变直接回。

“什么为什么，妹妹你要哪一只？”点菜阿姨也用甜甜的嘴回应。

太太指向举起大螯的深绿色波士顿龙虾。我评定她选中的是七百到八百克的大小（可恶啊，怎不选小只的比较便宜），一称，七百五十克，阿姨说这只一千。

贵啊，不要啊，我回去煮给你吃啊。内心的呼喊怎样都喊不出口。一喊就会被说抠。

“我不要吃七／八波龙，姐姐，我吃别的好了。”她看着我扭曲的脸说出七／八波龙四个字，她笑，点菜阿姨的脸沉了一下。

专业啊，不愧是鱼贩之妻，能讲出行话：那是波士顿龙虾与重量的简称，老婆不愧身为我的老板啊，我的内心戏又演了起来。

“那要吃什么呢？”太太说。点菜阿姨手上的原子笔不断按压，听起来很烦，只要客人一说话就会停止按压，准备写菜单。

“海白虾是哪一种？”我跳出来说，说这句话是要给点菜阿姨直拳，她如果说是冷冻柜那盒洪都拉斯的养殖白虾，我就不点。

她指向钓鱼冰箱内的黄褐色红脚的香蕉虾，那是台湾中南部产的野生白虾。

“我要这个，一斤。”坚定且飒爽地说，顶多一斤六百五，我出得起。

“野生白虾一斤。川烫、热炒或清蒸呢？”

“川烫。”我才不给你热炒偷偷换虾的机会呢（这想法太过小人，但真的有可能）。

“鱼呢？要不要来条红条做鱼汤？或鲑鱼头做鱼汤呢？”她转向太太。

“人家想喝姜——母——鸭鸭啦。”我装可爱地说，点菜大姐停止按原子笔，我不敢看她，深怕原子笔插入我喉咙。

装可爱可耻，但有用，怎样都不给点菜大姐推荐太太买一尾红条煮汤的机会。那红条一看就是菲律宾产的，如果是澎湖产的红条，一尾就得上千元，怎吃得起？

点菜的过程，我在脑中开启海鲜的实价登录以应对时价海鲜。

“要什么鱼呢？吴郭鱼好不好？”点菜大姐有点不爽，才这样说吧。

“不要，不好吃，有养殖味。林楷伦你选。”太太不顾点菜大姐，直接呛声。

“野生午仔鱼好了，一尾十两的，三尾。”

冬天吃野生午仔鱼是不会错的，就算被偷偷换成养殖的，我也还能接受。点菜大姐写上单价，价格还算合理。

“要蚵吗？”不要。

“马祖淡菜呢？”不要。冬天马祖淡菜苦了也变小了。讲越多不要，与奥客[1]之路就越近。

“我的炒蛤要换成野生蛤。”我说。

“没有，这季节怎么会有。改海瓜子好不好？”点菜大姐回。

我失误了，我忘记冬天没挖这些，只能说好，要不然太糗了。

“姐姐，还有什么推荐的吗？”太太问。

“没有。你们点这些够吃了。”这句话的语气比冷藏柜打开的冷风还冷。

她开始复诵我们点的菜：姜母鸭、凤梨虾球（发泡虾仁）、炒海瓜子（大陆来的海瓜子）、清烫台湾本地白虾、台湾本地午仔鱼蒸凤梨酱、炒饭炒菜炒牛肉。

菜一上桌，我还在得意破解此店的时价陷阱时，儿子

1　奥客：闽南语，多指态度恶劣难伺候的客人。

哭吵着要龙虾。

我耳旁响起了点菜大姐的原子笔按压声。

“来喔，烫喔。”点菜大姐送虾过来。“弟弟为什么哭？那么想吃龙虾喔？不要啦，龙虾很贵捏。”她说完便走，儿子继续哭。

大姐又折回来，抓了一只五、六百克的龙虾问我儿子：“你要吃它喔？它那么可爱耶。”

“要，我想吃巴尔坦星人，帮超人力霸王消除外星人。”儿子沉迷的特摄片中，巴尔坦星人的造型取材自波士顿龙虾。但也用不着吃它吧。

“我不要给你吃，我要回巴尔坦星。”我捏着鼻子说话。

最后儿子没吃波士顿龙虾，太太说我抠，我就是很抠。但我转身多点了一盘时价的烤凤螺与烫澎湖冰卷。

点时价菜，最怕装懂装阔，宁愿多问价格，也不瞎点。

不要把红条当石斑，不要把活体南非鲍鱼当冷冻鲍，不要嘴里念说 toro 却看不出眼前只是一般鲔鱼。怕鱼被调包，请待在原地瞄个几眼；怕被添重量，就认真看秤。

面对时价，身为顾客可多跑几趟菜市场理解实价，多看几种海鲜，点菜前先Google也行，或是好声好气地问点菜阿姨都可以。不要觉得自己被坑，不要在春夏天想点乌鱼膘、在冬天吃贝类，讲出来只会被笑或当盘子敲。

时价点菜，点的不只是海鲜的时价，更是身为顾客与店家之间的相互评价。

要懂吃，也得懂做人。记得，面对点菜人的第一句，说“哥哥、姐姐、帅哥、美女”准没错。

嘴甜，时价就甜一点。

职业病

没有一个鱼贩不曾伤过腰。

职业病久了，病也成职业。

每个职业都有职业病。写作写久五十肩，唱歌唱多声音哑。鱼贩的职业病，有的是凌晨起床，很少睡饱饱引起的肝病，或是工作太累了，高热量才是慰藉的肥胖与高血压。但每个鱼贩都遇过的职业伤害，是腰痛。

鱼市里有几个腰打不直的老鱼贩，年轻一辈都知道姿势不正确，老了就会像他们一样，邱伯就是其中一个。邱伯的背和腰早坏了，护腰缠了一层又一层，护腰上黑色的魔鬼毡起了毛球与鳞片。嘴坏的人说他是秘雕鱼，秘雕是古早番薯吃到饱的布袋戏人物，邱伯听到了，就说：“你是在哭喔。”

我觉得不像秘雕，邱伯的身体更像是年老的香鱼，弯折在怪异的地方。

他常跟我说不要喝冰的，对腰不好。我吸一口麦香红茶。

“不信就别信啦，老了你就知道。”我跟他同步地说。

他拿着鱼钩转身，拖一件笼仔鱼，双手各持一钩，上秤。不能弯腰，就用鱼钩当手，根本是双手皆残的虎克船长。我不想变成那样，把冰到牙酸的麦香红茶放在鱼箱上，放到忘记。邱伯称完，换我给鱼主过秤。

邱伯的腰不曾好过，他每天复健：电疗、热敷、针灸，医师叫他休息，但他怎么可能休？这腰要好，得等下辈子。鱼主没有人手能帮邱伯把鱼货搬上车，求我帮邱伯搬，拜托鱼主又没付我钱，干么帮他搬？

“伦ㄟ，帮一下邱伯啦。”邱伯边说边敲自己的腰。

“哎哟，倚老卖老喔。”

我搬了一篓五公斤、一篓八公斤的鱼，都很轻，弯下腰去搬。邱伯称完那几篓鱼，我腰挺直，刚刚两篓鱼让我的腰隐隐酸痛，只能挺直，学邱伯按摩几下。是不是刚刚的麦香红茶让我闪到腰？

邱伯大力地拍我的腰，笑得像是你也会有今天的样子。他将自己的护腰拉起，我以为他要借我护腰，他却只是拉得更紧。

腰闪到了。闪是一瞬间，也是久久累积的爆发。连躺在床上都像是串在铁签上的香鱼。可恶，明早烂咖 A 一定会说我是秘雕。

你才哈买两齿咧。我都想好这样回了。

冰敷、热敷、肌肉松弛剂。腰一坏掉，连走路都很奇怪。儿女老婆都笑我是鸭子，岳父、岳母说我是唐老鸭（曾几何时唐老鸭是能辨别年纪的角色了）。在沙发上躺，床上躺，地上躺，坐着、站着都能感受到腰部肌肉过度用力的酸，连正躺也酸，侧躺一阵，换个姿势，又抽筋了。

老婆问我搬了什么。

“千斤重担。”我回。老婆以为我在酸她都不分担，回了句脏话。

很酸很酸。我没跟她说，我只是搬了两篓加起来十三公斤的鱼。

我去看了中医，中医师朝头盖骨下针，针头壳能缓解紧张，腰不酸了些。回家仍向老婆撒娇，叫她去帮我工作，撒娇代表自己还是会去。想起中医师也说不要喝冰的，不要碰冰的。但叫一个卖鱼的不要碰冰，不如叫我别卖了。

基于二十号要缴房租、卡费、贷款，每月七号还要缴学费，我不能耍任性不卖。挺着腰都要去卖鱼，做人直挺到过头也得做，跟邱伯一样，痛是一辈子，赚到的钱能花两辈子。天杀的励志故事。

那晚，我八点睡，只因中医师说我太晚睡。肚子挺得高高，像是死去的浮水吴郭鱼。我真恨我脑中有千百个形容自己腰闪到的话语，还不能拿来笑邱伯。

隔天，邱伯看我闪到腰，预备几颗肌肉松弛剂给我，说特别有用。那几颗跟我阿公家常备的没两样，阿公以前常吃。我问邱伯，我阿公有像我这样闪到吗？他说没有，阿公搬东西时都像深蹲，就算七十几也一样那样搬。

“奥少年。”烂咖 A 说。他搬货的姿势也很正确。

邱伯把他的护腰递给我。

没有护腰的邱伯，肚子好大，腿好细，像是大贡丸插在两根筷子上。烂咖 A 帮邱伯搬货，其实根本不用帮邱伯搬，他只是想炫耀自己很会搬，搬完还喊：“再来啊。”

我说不要护腰，邱伯还硬缠。我闻到护腰上的味道，像是我阿公的味道，近似咸鱼，海水的味道，没有腐败。从小闻到大，习惯习惯。我曾怀疑阿公没有洗澡，他过干的身体常有皮屑，原来味道都已卡在皮肤的缝隙，摸过海水仍然会有味道。就跟邱伯的护腰一样，也跟我身上的侧背包味道一样。

邱伯摸完鱼，将湿黏擦在他的腰间。

鱼贩的衣服一定会有鱼味，也没有鱼贩不曾伤过腰，伤过就会学习更好的姿势，我第一次搬鱼闪到腰是那么想。第二次闪到腰，一样的坏姿势。阿公说我这是坏习惯。

习惯很难改，听说要二十一天。二十一天要搬几篓鱼、几箱保丽龙，每个姿势都得正确，怎么可能。邱伯绷紧他的护腰，强硬地抵抗坏习惯，我则脱掉护腰后什么坏习惯都回来了。喝冰的也是，腰痛时不喝，感冒时不喝，病痛快好了，就开始喝，甚至 Google“喝冰的会怎样吗”，日本人都喝冰水啊。

我搬完货后，将护腰还给邱伯，他正在杀旗鱼的摊位前喝酒聊天。

批鱼去卖的鱼贩跟在这里工作的鱼主，两者最大的差别是前者回程还要开车，所以不太会在鱼市喝酒，后者则会拿吸管喝啤酒。邱伯常说自己以前劳碌命加酒鬼命，才会伤坏自己的腰。他身体凭着摊位，手旁一罐麦香红茶、一罐金牌，看到我过来，问我："要喝吗？"

我一罐啤酒就倒，当然不喝。

红茶呢？腰还在痛。

"年轻就腰痛，哎哟，老婆可怜喔。"旗鱼摊的大哥说。

邱伯笑，将那罐快喝完的冰啤酒拿了过来，用吸管吸一口，嘴巴都瘪了。

到底多久没喝了。我说。

邱伯摸着肚子笑，我将护腰还他，他没穿上，对着啤酒空罐光吸空气又吸了几下。

那么爱喝，我想。

他将护腰缠起，不再喝了。

邱伯用护腰约束自己，为了家庭（还要多买几栋透天厝），得继续工作不要松懈。他不是没有钱，而是闲下来一解开护腰，痛更明显。痛变成一辈子，那已经不是习惯，变成像是肚子饿、口渴的日常。

常有人问我，卖鱼又臭又累，为什么还要继续卖鱼？好赚。我这样回。没有说出来那些有点尴尬的话，用邱伯的话说，就是："要赚趁这时，赚的拿来顾家人一世。"

痛的时候，只能跟每个笑我的、关心我的人说是职业病。怎样不要让自己的腰再受伤？我不想要像邱伯一样。早睡早起，不喝冰水，常去重训。

鱼贩特有的病，不只如此，肝坏死、疲劳驾驶、腰酸背痛手拉伤、白带鱼咬伤、黑鲷刺伤、臭肚刺到痛死。职业病久了，病也成职业。

我腰好了，却发现邱伯的腰更低了。

习惯了就还好。不用问他，也知道他会这么回。

病久了，就习惯了。

我不知道邱伯腰弯弯的看到什么视野，他随即挺直，但挺得过直，会看到鱼市超亮的灯，灯下也没有趋光的虫。那灯太热太亮，看一眼，就算天再黑都留下光晕的残影，腰闪到的我也深受其害。

我裹起护腰，才几天肚子与背上就长了疹子，很痒。究竟要预防腰闪到胜于治疗，还是要缠上腰带再每日每夜敷上邱伯介绍的止痒乳液？起了疹子，又成为职业病。

职业病怎么治？

算钱算到手抽筋，那些痛和痒大概会好些。

要吃就先做成干吧

下午，我们一同在我家约会，有时一起午觉到阳光晒脚，有时将鱼做成干。

受半日风吹的鱼肉，像衣服浆好的触感。你闻，鲭鱼淡淡的铁味，小卷是杂货店难以定义的嗅觉，白肉的鱼没什么腥，淡抹的盐日晒风吹。

问你，盐闻起来是什么味道呢？你笑了，将厨房的盐拿起来闻。

“盐没有味道，要不然你来闻。”一旁的糖也没有甜味。

拿了在卧室阳台外晒了半日的鱼，给你闻，盐的味道近似于海，是口中引渴的咸。

住处没有向阳的顶楼，顶楼都被铁皮盖满，但每层楼都有个小小的阳台。二楼堆满杂物，三楼放了台废弃的洗衣机，还有一根长长的竹竿。小小的卧室，床紧靠落地窗。你下午没课，我卖完鱼，一同在我家约会，一起睡午觉到阳光晒脚，夏天睡到五六点，短短的秋睡到三四点（这季节的阳光晒起来暖暖的），冬天包在厚被里睡得更久。

第一次做一夜干，是早秋，只要开窗就不热的下午。本来打算找个风大的天，但住的地方没有能干鱼的风。那天你早到了，不等我就睡了，我将你晒内衣裤的立式衣架搬去阳台，拿起圆形的洗衣篮，放了三四尾剖开的肉鱼。

你被吵醒，躺在那儿没说话，看我在做什么。我拿了另个房间的电风扇，你问我干么，我说吹鱼。

你只想一起睡觉。本想摸摸你的头，让你好睡，满手鱼味就算了。

“我先做一夜干，等等过去喔。”

开窗，电风扇吹起。

电风扇的弱风，洗衣篮变成无力的海盗船，摆荡摆荡，里面的肉鱼不会尖叫，将肉身上的水漫脱而出。

一两个小时后要醒来翻面。再三四个小时，就好了。

你睡得很沉，但不断醒来说好臭喔，什么味道啦，你没洗澡喔。

我翻身换成你睡的位置，没有味道啊。

电风扇的马达与窗外急驶的公交车（公交车风切过，窗户晃动），一台像巡回演唱会的宣传车，很吵，当成白噪音，继续睡。

我的身体有没有鱼味？“你闻不到，是因为你闻习惯了。”你说。

我太习惯了。“说不定把你的肉切下来，用电风扇吹半天，也这个味道。”你说。

你还真狠，也很准确吧，仔细算来，一天里有四五个小时，手总是泡得白白的，沾染鱼体的黏液或咸水。工作的时候不会痒，但下班一碰到日晒，便痒了起来。身体水分蒸发得太快，你曾经买过护手霜，我嫌油，觉得不可能有用。手一天一天地发痒，不痒的时候，是泡过水皱皱的模样。

“我也需要脱水风干。”说完，你将日晒到的小腿与脚趾缩进去棉被里。

“干么，怕晒黑还是怕脱水啊？”我又说。

“关你屁事，我饿了，鱼干干好了没？”你回。

拿下洗衣篮，洗衣篮的底是肉鱼的血，氧化的血变成水泡久的木头，有几块凝血，不就是海盗船下的腐蚀？拉开洗衣篮的拉链，鱼身的水分被带走，皮皱缩，发出氧化铝的银，也能看到原有的紫蓝绿的鳞光。

“新鲜吧，鳞光还在耶。”我说。

你没空理我，只顾着用手遮住拉开窗帘透进的光。

三四个小时，表面的肉像附上层薄膜，干掉的肉。轻捏，确认鱼的湿度（或说干度），能摸到如你肥软的肚子下，深层的腹横肌，这样的软硬就完美了，可以烤了。转身过去捏了你肥软的肚，用力些碰到深底的腹横。我用另手将肉鱼拿得好高，却闻到自己的味道，也是肉鱼的味道。

叫醒你。

“吃鱼，不要再赖床了。”

“我要吃蒸的。”你说。

“干好了还蒸？脱了水又加水，没必要吧。”我回。

架起为了鱼干买的瓦斯炉烤网，打开从出生就在的抽油烟机，声音大到你说什么都听不到，鱼放上预热好的烤网，瞬间烙上焦痕，味道上来，重到香腥难分。这抽油烟机有什么用啊，真的好饿。

将烤网翻面，油脂滑落，起了烟。肉变白，再烤一下下，跟傍晚天色一样的黄。

两尾鱼，你一尾，我一尾。你先吃眼睛，半熟的眼睛带着水分，那会有点腥吧，你也一下就吞入喉。

把不吃的鱼头夹给你。

“外行，才不吃鱼头，”你说，“我是吃鱼外行的鱼贩。”你要将肉鱼的鱼头整颗啃咬时，我把鱼颊的肉挑起，原本湿嫩的肉，两块小小的，日晒之后，抛掉水分，浓缩油脂，我吃鱼肉，也吃鱼头的体香。

干鱼的过程，像积木连接的鱼体肌肉，变得相黏。

“有差吗？这样做。”我问。

你只是吃，吃了一副完美的鱼骨还我。

“你怎么做的？我想学。”你问。

“你学来干么？有我做就好了啦。”

想着冰箱还有什么鱼时，你拿出冻结的小卷，问说这个可以做吗？

可以。

但你说你还饿，一起吃了便当。

回来时，你早就忘了要学什么。在厨房，用牙刷洗起烤网的格状，格与格的直角黏卡了银色鱼皮或白色鱼肉，分不清碳化成黑。特别难洗，多加一些洗碗精，橘子的化学香气，在刷开那些碳化物时，散发鱼味，又同时结合。

忘了放进冰箱的冻结小卷，跟度假瘫软在海边的游客没两样，身旁满满汁液，是解冻水。要不就来做这个的一夜干吧。

在水中，将小卷身体中线划开，取出内脏与墨囊（在水中就怕划开时不小心划破墨囊），将透明软骨取出，割开双眼，取出嘴喙。你看电视节目笑得大声，你专注地笑，声音更大。没将外面的皮剥掉，皮会带出更多的香腥。

剖净的小卷,可尔必思的白,或有更色情的比喻也无妨。

以为手会发痒，若不新鲜让我过敏发痒，会再将它丢入冷冻，偶尔想起便炸或煮。不痒，就丢入一些盐，混合十五倍的水，让不会再活的小卷游泳。

放入冷藏,要泡多久,与你一起看一段节目后再来想想。

“你刚在干么？”你看我过来才问，不回你，你沉在节目转换的光间。

“调盐水，做一夜干。”

“你不教我？”眼神离不开电视。

电视演着笑点早就老掉的综艺。

“哪个步骤了？”

“浸泡。干么问？要不要我把你的肉也切下来泡？”

你笑，你笑。把笑声当成脑中计时器的蜂鸣。

“要去哪？”你问。

做干。

将小卷擦干，放在厨房纸巾上，我撒了些香料，再放一层厨房纸巾。冰着等明天日晒成干。

不想再吵你午睡。用冰箱冷冷吹一夜成干。

明午，排头整齐一同午睡，一同露出脚踝日晒成干。

选鱼的诀窍

"那你教我选鱼啊。"她撇起嘴说。

"选什么，我就是鱼贩，你还需要选吗？"我说。

我看：

十五岁开始在鱼摊工作，二十年了。每天在摊位看的要不是人，就是鱼。看客人的一个眼神，一个动作，我便知道客人会不会买，什么个性。看鱼也是。用看的就知道新不新鲜。不要觉得神奇，卖衣服的可以从客人的穿着、进门的眼神知道他在找什么，早餐店阿姨也可以一眼看出我是不是帅哥。

"那么厉害喔。"那时还是女友的太太说。

冬天下午，她约我去苗栗龙凤港，说要渔港小旅行，却让海风扇脸，几下就头痛。

等待一篓篓鱼入拍卖场，“你看，龙凤港的篓仔，是紫色的耶”。我跟她说起鱼贩的行内知识，台中是白跟黄的，哪里是什么颜色。她没有兴趣，到处看那些我觉得无聊的沙岸鱼、白鲳、肉鱼、午仔鱼、黑格，后来则是一堆魟鱼，后面都是乌鱼。我看到都打哈欠。

“无聊喔？”她说。

“要不然咧。这些我那边也都有啊，等开标看有没有比较便宜。”我回。

结果没比较便宜，来这里不知要干么。

“那你教我选鱼啊。”她撇起嘴说。

都是新鲜的，选什么选。

“选什么？我就是鱼贩，你还需要选吗？”我说。

我们离开龙凤渔港，导航到最近的全联。边开我边念：“刚有什么鱼，你记得吗？”她记得白鲳、肉鱼，却将午仔鱼说成虱目鱼，乌鱼她知道。问她这季节要吃什么鱼，她只说她知道。

我带她到全联，教她选鲑鱼，看鲑鱼油脂的白有无变色，橘色的肉有无瘀血。她说：“吼唷，我不用学这个啦。”

我们回到城市的黄昏市场买鱼。我叫她先去选，每一摊的老板都叫她阿妹，她一直笑。市场的摊贩如果叫人“阿妹”，都是真的认为这人很年轻，视觉年龄被认为是大学生、高中生。“美女”、“小姐”则是三十岁以上；“大姐”五十岁，“阿姨”七十岁，超过八十岁的叫阿嬷，一百岁的又变回“美女”了。

“人家叫你阿妹，你就别乱买。”我将她拉去肉摊旁，轻声地说。“等一下去那摊，指着那尾嘴巴尖尖的，黄红色相间的鱼，问老板多少。”

她不理我，往其他摊走去。

一摊卖便宜鱼的老板，拿起成仔丁，说：“这个很好吃，阿妹要不要？”我远远看那老板要说什么垃圾话，成仔丁很腥，古早时代会用来炖汤发奶，现在超少人吃，他如果说会发奶，那就是性骚扰。他还真的说了，我立刻将她带走。

第二摊则是一开始我叫她去的那摊，会叫她“美女阿妹”的鱼摊。

她笑了。惨了，她会在这摊买了。

我眼前一扫，四齿、赤鯮、无鳔鲉都很美，但很贵。鲭鱼、竹筴身体出红晕，这不行了。白带鱼眼周仍然透白，鳃盖上还有点紫蓝，价格合宜就可以买。但要让老板知道，不是美女阿妹就可以敲竹杠，得装出真正内行的模样。

“你一去，就直接指那尾嘴巴尖尖的。如果老板说你内行，就再问一次那尾四齿多少钱。懂吗？”

“懂，那你会买四齿吗？”

“我不会买，因为很贵。”我说。

她走过去，指着那尾四齿说老板这尾怎么卖。老板避开不回答，直问好鲭鱼不买吗？

老板滚开，我来。

“头家，你这四齿一斤多少？”我上前问。

“美女，你老公内行喔，一斤九百。”老板回。

我掐指一算，他大概赚一成五。他将四齿放回冰上。我没有买，因为那尾半斤就要四百五。

我还是转头问她：“这价格可以，要吃吗？”

“随你。鲜度可以吗？”她说。

“没我的鱼好。”我回。

“我也在卖鱼啦。”我跟老板说。

老板笑笑地对她说：“美女妹子再见喔。”

我只想叫她不要再去这摊买，一辈子都不要去。“花言巧语。”我跟她说。她说：“喔。”

一到她家，想起垃圾桶里有我前一晚煮坏的帕头仔。那尾帕头仔鲜度还可以，是我油温不够，急着下鱼而黏锅。黏锅也好，为了面子，怎可以说自己厨艺差。

“你看这鱼不行啦。都黏锅了。”

借此，我教了她选鱼的诀窍。请她手伸出来，比个赞，我摸向她大拇指下方的肉丘，“用力，对对对，这样就对了，你自己摸。”她摸自己肉丘的软硬。鱼死没一天的肌肉僵直感就类似这样，“松开食指，中指的硬度是放了两三天；不握拳的肉丘软硬，就是四五天的鲜度。”

更不新鲜的，就会像是小指头下方的肉丘，软软无力。“你就是买到这样小指头肉丘的鲜度啦，逊耶你。”我边捏她的小指头，边将她手握住。

她另手一拳过来，“你的手很臭耶，要不要去洗手。”她说。

我直回，教你还不好喔。

这哪叫教，是骚扰。要教我，明天带我去渔港玩呀。她说。

“我要当你的选鱼教练。”我说。

后来，我趴在沙发上当一条要死不活的鱼，这种放松程度，近乎腐败。

之后，我每次去她家，一周会配三四尾鱼。她还是会去那摊叫她美女阿妹的鱼摊买，她说老板不再拿台面上的鱼给她，都从冰库拿一些鱼给她选。

“你有选吗？”

“才不用咧。干么选？”

“我教你的，你不用。”我回。

“要选一条好鱼，不如选一个好鱼贩。”她说。

我笑了，但我想起我这周配来的鱼，全是瘫软无力的货底养殖鱼。

我还是傻傻地笑了。

她看：

“我很会煮饭喔。”我翘起一边的嘴。那是刚交往时，我对你说的话。

“那你会选鱼吗？”在古龙水香气很重的车上，你回。

“我会，菜市场的鱼贩大哥都说我是特别会选鱼的美女耶。”我说。

"你知道我是鱼贩吗？"你又回。

我心想，是在靠北喔。

"是喔，那改天来我家看我会不会选鱼。"

只不过，第一次你来，带了整箱的冷冻杀清三去的鱼，两个月才吃完。那箱鱼有黄的、绿的、蓝的、红的，每拿出一尾，你都会说这叫什么名字和它们的产地。黄鸡——澎湖，红烧、清蒸、干煎都好；蓝的是青衣——澎湖，红烧好；红的是红喉，烤的、煎的都好，这很贵喔。

我把红喉拿去清蒸，油脂漂浮在酱汁上，鱼肉略干，你直说浪费了。

"就让我自己去买啊。"我说。

"去啊，你知道这尾鱼多贵吗？"

唉唉，真是小气的男人。

我决定自己去买，去说我是美女的鱼摊。

"老板，哪尾最美？"鱼贩拿了一尾银白色、手掌大、圆眼的鱼。

"帕头仔。"

"哪来的？"

"东石。"

鱼贩翻鳃，鲜红血色，这一定新鲜吧。你说过怎样选鱼，我才懒得理你。

这尾鱼很美，我相信。

“哎，这尾鱼不行耶。”你在我煮菜备料时，摸了那尾帕头仔。“我不是教过你怎样选鱼吗？来，手伸出来，比个赞。”

我比了，你摸向我大拇指下方的肉丘，“你的手再用力一点，你摸摸看。”大拇指的肉丘僵硬带有弹性。

“记住这个感觉，这就是新鲜的鱼的触感。”

“啊你是选鱼教练喔？”你笑了。

我拿起那尾帕头仔，肌肉已无法支撑身体，垂下就像你等待晚餐时躺在沙发上的样子。“这尾是要丢掉吗？”我问。“红烧就好啦。”你过来，将自己的双手沾了一层盐，抹在鱼的两面，包一层厨房纸巾，放入冰箱吹风。“你菜煮好时，叫我。”又趴回沙发上，像是不新鲜的鱼。

“煮好了，起床。”我说。

你将冰箱里风干的鱼拿出来煎。姜蒜爆香，锅的另一侧煎鱼，再过一阵子，你下了酱油、糖、黑醋，红烧的香。

上桌时，那尾帕头散碎不成鱼样，我想是你故意煮成这样的吧。小家子气。

“这鱼不新鲜才会变这样。不是我的错喔。”你把那盘鱼倒掉，我没吃到，也不知道好不好吃。

你伸出你的手比赞，又开始说起怎么选鱼，烦耶。

“不懂到底要怎么摸鱼，摸不准软硬啦。不然你明天带我去龙凤渔港嘛，小旅行呀。”我说。

“我来当你的选鱼教练。”说完，你又躺到沙发上，像一尾死鱼在看电视。

去渔港，你说无聊。第二站是全联，你拿起鲑鱼，说起旁边的血合与油脂颜色怎样怎样。“喔。”我回。

第三站去我常逛的市场，第一摊你说那是卖养殖鱼的摊位；第二摊你说那是便宜杂鱼的摊位，你拿起其中一盘长须的鱼，说背鳍刺到会超级痛，老板说那种鱼很发奶。第三摊则是叫我美女的鱼摊。

“美女，这你老公喔。很帅喔。”

我仔细看那尾切开的鲑鱼，在红色灯光下，油脂看起来也是红的。你指向某一尾嘴巴尖尖的红色鱼种：“这尾四齿多少钱呢？”

“美女，你老公内行喔。还知道这个叫四齿，一斤九百啦。”

将鱼从头部拿起，没几秒就放下，你没有买。

转身问我，这个价格可以，想吃吗？

“鲜度可以吗？”

“可以，但没有我的鱼好。”

你笑笑地对老板说：“我也是鱼贩。”

你还真是个靠北的人。

之后去买鱼，鱼贩不让我在台面上选鱼，直接入冰库拿几尾，“选这里的吧。”那些鱼就像是你的大拇指肉丘的感觉，或许更硬。自己摸过几尾之后，手上的鱼腥味臭，让我想起你躺在沙发上的样子，真的很不新鲜。

“美女，你的鱼贩男友呢？”

我拿起鱼的头部，感受身体的硬直，放到秤上。

要吃到清甜细嫩又黏唇的四齿，大概也是与你分开之后的事情了。

去海生馆的好日子

“你可以看看那些被你杀的鱼，活着的样子。”她说。

跟我想的一样，巨大的海水鱼展示区里，色彩斑斓的鱼，都被称为“尼莫”。

她在我放假那天，说要去海生馆。

她问好吗？可以吗？从前一天的晚餐，问到掀开我盖住光线的棉被。跟她说我放假得补眠，都是没用的抵抗。

“去海生馆好吗？”

我问她开车到海生馆要多久，她手指比三。下一秒跑出 Google 的女声，说开车到那的时间。“走啦，你累了我帮你开车。”

我想不通为何今天要去海生馆，而不是去科博馆、植物园、鸟园。“因为今天是去海生馆的好日子。”她说。

我嘴里咕哝，放假还要看鱼。

“你可以看看那些被你杀的鱼活着的样子。”她说完这句就去买早餐，买完在副驾驶座等我。

我一周摸六天的鱼，放假还得去海生馆，鱼贩的休日想好好睡觉呀。休假日去渔港，是为了找寻货源，去吃西餐、日料，也是为了拓展知识。到海生馆？我不觉得能学到什么，我一看到鱼，脑中就自动跑出价格，巨大水族箱里千千万万的鱼，我脑子会坏掉，无法计算。

百般不情愿，还是得去。因为她坚持，我妥协。她的兴奋像是童年去游乐园的期待。无感的我心想，帮情人当司机也好。

去过垦丁，从没去过海生馆。我在百货公司、餐厅看过死去的珊瑚礁、长不大的海葵，和那些被叫成尼莫的小丑鱼。有几个客人都会指着我，跟小孩说我是“尼莫叔叔”，我拿起一尾活的吴郭鱼说：“你要吃尼莫吗？”又将鱼嘴放在小孩面前，一开一合，皮一点的会把手上东西放进鱼嘴巴里。小孩就跟他妈妈一样，傻傻地在那里说着尼莫、尼莫，分不出鱼种。

吵着要去海生馆的她，那时就在客人旁边笑：“哎唷，尼莫叔叔，真可爱捏。”可爱的我，穿起尼莫的服装会很可爱，我边想那模样，边笑出声来，“对对对，我就是尼莫叔叔。弟弟下次来我拿尼莫给你看。”

山城的鱼摊，是这些人的水族馆吧。就像我小时候会跑进家对面的水族馆，看头上有大肉瘤的金鱼、嘴巴吐气泡的金鱼，兴奋地帮每尾鱼取名字，取完没有买，只是在脑中想象了只有这类鱼的大海。直到店员过来问：“阿弟，要买吗？”一尾上百，还买得起，但那时的我只心想，家里没有海，怎么养这些鱼。

“我家没海啊。”我说。

“哎唷，这些鱼不用海水。这里怎会有海水？哥哥教你，把这些鱼和这些水放到大碗里面，它就会活了。”

“活多久呀？长命百岁？”

“长命百岁。”

我指着一尾黑色的肉瘤，叫它肥头；又指一尾一般的金鱼，叫成我的小名。店员分开包装，两个塑胶袋里装半满的水，两尾鱼游没几下就停在那，不太会活的模样。

回家倒在碗公里，半满的碗公是我的水族馆，肥头的头都浮出水面。食指戳了戳鱼的肉瘤，摸了肉瘤的皱褶，皱褶摸起来也很平滑，手上没有打开冰箱会闻到的臭臭鱼腥。

肥头向上游，游到碗公上弯的边边，又向下滑。“在溜滑梯喔。”看它溜了几次，嘴巴浮出水面，我以为它饿，倒了些饲料，它吃，又不吃。是不是欠水呢？我将碗公填满自来水。肥头又玩起溜滑梯的游戏，这次它游到碗公的顶端，跳了出来，在折叠桌上跳了几下。我抓起它，好小的鱼鳞也是有点刮人，有点黏，摸狗摸猫般地摸摸它的肉瘤，放入水里。

沉入，上游，要跳出来。一次有趣，两次好玩，三次——你这尾鱼故意的是不是。

虽说很烦，但小朋友的游戏可以一玩再玩，笑声越来越大声。肥头一次带出一点水，久了一滩，碗公的水面也降低了些，我再加点水，多水多游。又跳一次，黑色小片的鱼鳞更刮手了。放入水里，跟女生夸张的蓬裙一样的鱼尾，慢慢地动。

我想它累了，转看一旁无趣的金鱼，不断地在碗公底绕圈。

跟我想的一样，一到巨大的海水鱼展示区，色彩斑斓的鱼，都被称为尼莫。两三岁小孩喊“尼莫耶”，三四十岁的爸妈也在喊“尼莫”（当爸妈的看到一定要很兴奋）。《海底总动员》没有其他角色吗？有，但海岛人民只记得那尾小丑鱼，不记得拟刺尾鲷的多利（俗名倒吊），竹梭什么的就不用说了。那面蓝和鱼的体色应该要成为网美墙，只不过不能太亮，海鱼的环境没有适合拍照的亮光，每一张相片都背光，几个诚心要成为网美的开了闪光，没人制止。我笑她们看不懂中文，却也不多说几句。

“你看那个鱼，很像白鲳耶。”她说。

“金鲳。”

“那尾鱼我看过，上过新闻。”

“浪人鲹、GT。”我说。

凸透镜看久会晕，想吐，但为了找到没人发现的鱼，我近近地看，一尾橘斑懒懒地在礁石上歇着。赤羽太耶，我说。但她怎么也找不到那尾赤羽太。一旁推孩子的爸爸，一样仔细地找，那爸爸找到了，用手指敲敲玻璃，叫他儿子、太太来看。我以为他有听到我说的鱼名。

“红色的尼莫耶。”他说。

我无奈。那时她才看到那尾鱼，她说这叫赤羽太，那家子只回："喔。"

"我就说假日不要带我来这种地方。"我说。

"我在家很无聊呀。你跟我说那是什么鱼，还会说这些鱼怎么煮，给你炫耀的机会不好吗？"说完这句，她每走到一缸就问一堆。

黄鸡、青嘴龙占、青石斑（是黄色的但叫作青）、青衣，这区台湾珊瑚礁鱼区，都澎湖的喔。长尾鸟、滨鲷、姬鲷、青鸡鱼，台湾太平洋黑潮区，都花东的喔。

她说强喔，听完没笔记，直说："这种你煮过，我吃过。"

那些海鱼的区块，会随所处区域的海深有不同亮光，但人类站的地方总是暗的。直到环绕形鱼缸，正蓝色的玻璃纤维缸，浅浅的，鱼的世界与人的世界同样色泽，都一样的亮，两尾小白鲸，分别在走道的两旁。一尾盯着人群，她跟每个看到的人一样，都说它在笑。

"它天生嘴形就这样。"我说。

"我知道，你别在那里破坏气氛啦。"她回。

另一尾不断绕圈，从上往下，缸壁到多层玻璃前。

"厉害喔，很会喔，这尾很活泼、很会表演喔。"旁人说。

"不安而已。"我自言自语。

她说："什么？"我跟她说了我用碗装黑金鱼的故事，她笑我笨，怎可以添没曝晒的自来水，游得慢是快死了，没氧气了要省点氧气用。

"这尾小白鲸不安吗？"她问。

"我怎知？"我回。

"你鱼专家耶，不是很会。"

小白鲸不断绕圈，从左上到右下。它们习惯被观看了，人们会想说它们怎么不玩塑胶桶玩具，人们会等饲养人员固定时间的喂食秀。那蓝蓝的缸好无趣喔，但我不敢说，一说，她一定会回"子非鱼安知鱼之乐"。

盲鳗区有个旅行团的阿伯说这很补（阿伯错了，对男人以形补形的是沙虫）。巨大海菜是裙带菜，没人知道那是海带的原料。

"绕回去吧。"她说。

走到脚快断的我说，走出去再重走就好。她为了刚刚没摸到的触摸池出来又进去。"你要摸吗？"她摸着海星、海参与无肉的贝壳问。

不要，我平常摸腻了。

回程，Google 导航说到家就八点半了，隔天凌晨三点要起床的我觉得累，但车到高雄她已深深地睡去。

今天是去海生馆的好日子吗？我想。

车行过无数路灯，总觉得这条路走不完，两百公里到一百九十公里，减少里程的种种都成回绕。我想起那尾黑色的金鱼，玩腻了放在水槽旁，它拨出大部分的水，只剩几口气。隔天，它死了，鳞片干了，变成黑底白点的金鱼，眼凹，好多蚂蚁过去，淹在水里。旁边那包金鱼，水浊了还活，我吵着家人要养，养了，但没多久也都死光了。

海生馆里的小白鲸和所有缸里的鱼们随意游摆或回绕，每尾都像活得好好的样子，病了会被捞起，观众看到同类咬食反而兴奋。它们死了不会沉入水里腐坏又成沃水，或许会像我臭掉的鱼一样，被丢入厨余桶。开着车想这些，更困了。

我们也是装成活得好好的样子，病了没人捞起，要人捞还会被问干么不自己来。观众看到有人被咬时依旧兴奋，死了旁人哭一哭，不会成沃土。

手机相簿中，有她和海藻、白鲸还有多到模糊像星点的鱼墙合照。请路人帮我们拍的合照里，她将蓝鲸的帽子套在我头上，我们都笑了。

海生馆都是鱼，我看腻了，她却像是远足的孩子感到新鲜。被关在水族箱的鱼会有童年吗？我回不到童年，救不起放在碗公里的金鱼，甚至以卖鱼杀鱼为业。若能回到童年，我会把每个水族箱都当成是一片海，有墙，有玻璃的海，回到那个看着金鱼缸便能满足，便觉得世界好美的童年。

今天是去海生馆的好日子。

去哪，都会是好日子。开车的我没有跟熟睡的她说这些。

到南投时她醒来，问我无海的内地，对海会不会特别向往？我说："不会，你住在有海的城市，你也没看过海啊。"

"好玩吗？"她问。

"好玩吧。"我说。

"想一想，鱼很可怜耶，每天跟我一样要上班，哭哭。"她边说边打开社群软体，打卡标注，传一张在小白鲸前，我装丑学小白鲸笑的照片。

我第一个按爱心，真的。

午餐

鱼贩与鱼贩之妻的餐桌日常，有鱼也是理所当然。

不管在哪个季节，清晨最凉冷的时刻我都醒着。凌晨三点到六点的双人床是太太的领地，睡成大字或一字形没人会管。

一到家门口，老旧的铁卷门久未上油，吱呀摩擦声宣告着我回家了。太太刚搬来时，常会被这样的声音吵醒，有时她浅眠，我一开房门，气味掺点鱼腥，探进棉被冷热转变，我又几次转身，她便会醒，说睡得不好。住一两年后，习惯了，电卷门或是我刻意放轻的脚步，都让她睡得更熟，变成平安回家的白噪音。动作太大，还是会被骂。

如果从鱼市回来得太晚，补眠时间不到一个小时，我便穿着湿湿的工作服，睡在没人坐的破沙发上。睡在那里，不管夏季或寒冬，都更冷一点。天花板的风扇转转摇摇，快被催眠时，手机发出震动，提醒：该去工作啰。

赖床几次，没人会骂。听不到铁门打开，太太会起床说：“不去上班喔。好啊来陪我睡觉。”

“我也不想上班啦。”边说边按下铁门的遥控器。

无妆，没穿内衣的她，我多想睡在她身边，但她又深深探入被窝。睡到中午十一点半的她，不需我叫醒。只要一通电话问：“睡这么晚，猪喔，你要吃什么午餐？”

周一我放假，去市区吃饭。周二吃我煮的家庭菜。周三意大利面日。周四、周五回她家。六、日市场太忙，没空煮，换她随意买她想吃的。

轮到我煮的日子，看着摊位上的肉鱼、小卷，还有些刻意挑起的受伤或较不新鲜的品项，清清货底是鱼贩的煮菜日常。偶尔问她想吃什么，她总回：“红喉。”

红喉一尾四百公克，一台斤破千。鱼贩的内行爱人，特别喜欢吃油脂多的鱼。“要不然黑喉。”她对石鲷、黑毛不感兴趣，只专注在太平洋较深层的鱼类，金目鲷、大眼鲷、马头鱼。有次抓尾无鳔鲉回家，跟她说这叫红黑喉。等我煮完，一看到是红烧，她便没什么兴趣。

“这石狗公啊，干么说什么红黑喉。”她答对了。红黑喉确实是石狗公的一种。

红色表皮、黑色喉咙，这些特征让这种石狗公被称为红黑喉。她不爱石狗公的淡雅近乎无味，有些近海的种类长得多刺、又褐又黑，抓过几尾给她煮，她的手被刺伤过几遍。我拿汤匙片肉，一侧给她，一侧给我。我们都不吃鱼头，不敢称自己是内行的吃鱼人。鱼头、鱼腹都丢入姜丝汤。

肉细嫩，没什么味道。

“只有酱油的味道，不甜。”她说。

养坏了，我心想。歪嘴的她盛汤喝。

“汤倒是蛮好喝的。”

吃饱饭，猜拳决定谁洗碗。猜赢的她，在房里看韩剧。“林楷伦，你好好洗。我要看我老公。”这时她的老公是孔刘，我只是个洗碗的。

把她碗内的鱼刺冲掉，吃得干净没剩鱼肉。这尾红黑喉，她不讨厌。

隔几天，我拿了尾红喉清蒸。我去叫货，先蒸好，她吃，却没将她日夜期盼的红喉吃完。“不好吃吗？红喉下方的汤水浮着黄色油光，很油，不会难吃吧？”我筷子一夹，鱼蒸过熟，太干了。

她笑笑地说：“用煎的啦。”

“下次改进。”

红喉的油香类似虾味，却不像是珊瑚礁区的秋姑鱼虾香浓郁。红喉的油脂是幽微的红虾甜，细嫩的鱼肉和焦熟的鱼皮才相配。清蒸是错了，用电锅蒸更错了。

“红喉，叫作红臭鱼喔。”她看着食谱里面的红喉介绍说。

“多臭？很香，哪有你臭。”她又说。

冷冻技术还未发达时，底拖到这种深海鱼，高油脂的身体易酸易腐，俗名才叫作红臭鱼。我跟她说这个小知识，她却回：“你先去洗澡，变得香香才是正经事。”

我没去洗澡，说了我三十年前的海鲜记忆。

那时我才五岁，对于海鲜一无所知，记得爸爸和友人去海产摊点了一大盘的剑虾，每只大小约十五公分，还有台湾西岸的海瓜子，大小混合地炒，那些回忆都很甜。如今，剑虾难以找到那么大只的，更不用说台湾西岸的海瓜子近乎绝迹。中部地区不太会有红喉、黑喉、甜虾，这些都是分布在台湾本岛极南或极北的产物，没有顾客知道这些大红色、容易坏掉的鱼叫什么名字，长我一辈的鱼贩也没看过。

有一次，拿一尾跟红喉差不多海层的棘大眼鲷回阿公家清蒸，阿公不吃，我爸也不吃。头大、眼睛大、鲜艳的红，那不是中部人习惯的鱼。那天，我独自一人吃一尾棘大眼鲷，那时我才知道鱼的甜味有分地区、世代。从全台各地的渔港、产地直送只要一天，珊瑚礁鱼、底栖鱼、深海鱼摆在摊位上，色泽缤纷，但热卖的还是中部人最爱的灰蓝色鱼种：白鲳、肉鱼、午仔鱼、白口。来自东北角的鱼，有点难卖，更不用说色彩缤纷的东部鱼类。不过，如果我要开伙，叫老婆选一尾鱼，她怎样都会选到最好吃、最贵的那尾。问她为什么选这些鱼，她说看起来很贵。

鱼就是鱼，好吃就好了。

隔天，煎了一尾表皮受伤的小红喉。鱼滑入高温油，渗出更多的油。

她的嘴油亮，好吃。

又隔天，轮到我不用煮的日子，她到市场找我拿了些马祖淡菜与蚵、几尾大溪渔港来的虾母。买了番茄、栉瓜，给她两尾太贵卖不掉的红喉，一人一尾。我到家，她还在预热烤箱，我洗好澡，她开始烤。她放红喉进去烤，我顾火，她看韩剧。她的孔刘老公演了两段，进了两次广告，她叫我拿出烤箱里的红喉。表皮微微的黄，我拿起喷枪喷得更焦更黄。

烤盘里有淡菜、蚵、红喉、蔬菜，旁边还放着虾母的虾壳。

虾母呢？虾肉她拿柠檬和橄榄油浅渍，生食。

剥开蚵与淡菜的壳，贝肉沾着烤盘或是浅渍的柠檬都可。这顿午餐没有饭，没有酒。一人一尾红喉，吃饱了就午睡。

午睡前，我想起每天最凉冷的时候，太太独自睡眠的领地，仍然是温暖，预热两人的一床棉被。我的鼾声吵吵，她静静地梦。

不去想午睡前的思绪跑到哪了，只想着晚餐要吃什么。

不用问她，她一定会回我晚餐随便。

不用问她。

鱼之占卜

海岛台湾，大多数的岛民却连台湾有什么海鲜都不理解。

不如先来理解自己能变成什么鱼，做个测验吧。

平日市场人很少，除了聊天和等待客人上门，没什么事做。我禁止自己滑手机，生怕眼前走过路过，却眼神错过的客人。无聊到自己玩起“猜猜要吃什么鱼”的游戏，看外表来猜客人要吃什么鱼。

跟太太打赌，我只要猜中几个，她就请吃午餐。我很熟悉家乡的人爱吃什么，每天开摊都是种经验累积，摆出来的鱼种也要符合在地的食癖。中部人喜欢吃无刺、肉嫩、味道清淡的近海鱼种，若摊位上有肉鱼，问客人要不要，百分之八十都说好。太太抗议这游戏不能这样，我们便把肉鱼、白鲳、午仔鱼剔除。

摊位上的鱼种变成各有特色。有铁味凝厚的鲔鱼、刺多肉甜的九母梭、肉质柔软却长得丑丑的小甘鲹，还有太太最爱吃且贵死人的红喉。

太太偷笑，她觉得自己赢定了。

买了一堆番茄的年轻女生在选虾，猜她要煮红酱海鲜，推她吃鲔鱼；总会说现在的鱼比较不甜的固执阿公，推他吃古早味、刺一大堆的九母梭；帮家里媳妇坐月子的阿姨，怎可以推基本款的七星鲈呢？我推她吃海鳗。十个猜对八个。这猜法是抓中客人需求，像是夹娃娃机里头一定要摆上新款的动漫物件或是3C产品[1]。

靠这游戏赢了三天午餐，太太说："哪有人这样，不公平。"她没发现我的绝学是鱼类占卜，还自诩为鱼之国师、鱼法达。从没跟她说过我自有一套人类的分类学，从凌晨起床面对鱼主、鱼贩们，到摊位上面对客人，工作时时刻刻与人应对，便是这分类学的理论基础。

"哪有什么不公平啦，你不知道喔，我还能从喜欢吃什么鱼知道那个人的个性。"我说。

她听了大笑。我怎可能服气，便将我的绝学化成文字。

1 3C产品：计算机（computer）、通讯（communication）和消费电子产品（consumer electronics）三类电子产品的简称。

第一题：喜不喜欢吃鱼？

喜欢，请到第二题。不喜欢，请左转找肉类或植物占卜。

“喜欢哪一种鱼呢？”我问。太太一连说了好几种，一副怎样也不能掉入一开始就说出自己内心的模样。算命得先提防算命师，等到算命师算准、让人惊讶那一刻，我们才开始相信。

能直接说出自己喜欢吃哪种鱼的人，很好，但这回答不会是鱼占的解答。鱼占与喜欢吃什么鱼有极大相关，但台湾人并不了解鱼，回吴郭鱼、鲈鱼、虱目鱼的为基本常识，答白鲳、白带鱼、肉鱼则是对海鲜有些理解，至于能说出这些之外的鱼种，可称为厉害的岛民。海岛台湾，岛民与海不熟，习惯就好。

有人说台湾的海洋文化是海鲜文化，我不认同。因为大多数的人，连台湾海鲜有什么都不理解。不如先来理解自己能变成什么鱼，做个测验吧。

别觉得荒谬，咖啡有咖啡占卜，写字有字占。

第二题：会吃虱目鱼的多刺背肉吗？

会，则到第三题。不会则往第四题。

第三题：能否接受与处理分岔细刺？九母梭、鲫鱼这类鱼种，喜欢吃吗？

挑不出这些鱼肉里的细刺，请跳第四题。会，则是海鳗人。

属于这种鱼的人类越来越少，带有一点老派，一点近乎龟毛的细腻。太太问我有认识这类人吗？我说我寡言的阿公，穿鞋只穿同一牌子、衣服颜色是灰黑。很常在摊位上吃炸红糟鳗鱼的东港仔也是。

但随口讲讲谁会信呢？太太还笑说搞得好像能靠这套鱼类占卜去摆摊。

第四题：喜欢吃三分熟的牛肉吗？或说，能接受血味吗？

如果喜欢，你为亮皮、红肉鱼的属性，往第五题走。

如果不喜欢，便是白肉鱼属性，往第七题走。

我家没有海鳗人。两个孩子食鱼习惯完全不同，女儿会吃生鱼片，我猜她也会吃三分熟的牛肉；儿子则是养生饮食，凡是重口味的、有添加物的一律不吃，儿子是白肉鱼人。

第五题：喜欢会爆汗的运动吗？

喜欢的人往第六题走，答否的人为小甘鲹。

小甘鲹是懒惰的鱼，虽然分属红肉鱼，却定居在同一地方，哪样的人可以说是小甘鲹呢？很爱宅在家里的人。

第六题：吃不吃土魠鱼羹？

会吃土魠鱼羹的人是鲔鱼人，不吃的人则是土魠人。

女儿吃红肉也爱运动，但她不吃土魠鱼羹。不是因为她命定为土魠人，不吃同类不相残（女儿是贪吃的人啊），而是土魠鱼羹内的土魠鱼块不是土魠，往往是鲨鱼、旗鱼，六岁的她尝一口就知道这不是冬天正油、肥美又铁味柔顺的土魠鱼。我则是鲔鱼，贪食不拘，可以无止境地洄游且肥美。

人的个性分类学，可以分得没完没了。说得模棱，是怕听的人完全把我看穿，说得模糊是两方都有空间诠释，假的话像是真的。这些话语不是要给人誓言，若能让人的心落在安稳之地，已是功德圆满。

人如果是土魠的类型会习惯自己慢慢地学，不走捷径，依靠自己的步调，不莽撞。女儿读书学物也是如此，就像是冬天才浮海的鳍类，尤其土魠。不是冬天的土魠，被捕捞起不会好价，一落刀划皮，肉红如血，已不是焚身的问题，烂价只因为特别难吃，过重的铁味近乎酸。

冬日的土魠，肉身如羊脂玉，独特的酸气加上油脂，变成莓果搭上奶油，肉质不算细嫩，等同于松饼，才不是软软的舒芙蕾。女儿不像一般女孩，她独特，有点硬骨又好动。女儿的心理测验到此，做爸爸的多说几句，钓获土魠鱼时，常常会吞钩，吞到肠胃划破，胃液融身，整块油腹变得黄丑。给土魠人类的建议是锁定目标之后，小心行动，不要过度关注，忍得住三个季节，也不需在光芒初绽时过度展现。

我是鲔。鲔是随黑潮奔流，直朝目标前进，无法停滞。一旦停滞，肌肉的温度会随即提高，甚至将肌肉焚熟，称为“焚身”。常有人说这类型的人是工作狂，其实不是，是他们早就习惯这样的工作速度。若要他们休息，也得像是运动后的缓和，缓缓地降速。与鲔共处，可以试着共游，或是原地等待，不要尝试阻挠，要是鲔鱼焚身，便肉酸、易腐，甚至过热熟化，这些都会破坏鲔的步调。直球对决一本钓，或是静静聆听、不插手在旁观看，让这类人自嗨到累再行捕捞，都是面对鲔鱼人的最好方针。

这分类写到一半，太太跑过来问，她是什么？我说她不用测，一定是小甘鲹。她说才不是咧，还什么鱼之国师，她不是不爱运动，只是懒得出门。

红肉鱼属性的人，有共同的特色是较为外向，直线思考。小甘鲹、土魠、鲔鱼的最大分别是对迁移的想法，小甘鲹喜欢长久定居在同一地点，较不接受一个人的旅行，长途旅行会消耗它巨大的能量，喜欢深度探索（写到这，就发现太太不是小甘鲹，她特爱远程旅行）。土魠像是蜂群，可接受中短期的迁徙，常会想家（女儿只要出去玩，玩几天就会哭着想家里的阿公阿嬷），回到熟悉的领地之后又开始向外发展，周而复始。鲔鱼是浪人，可以为了目标走向远方，家只是个居所，没有界域，必须奔游才能达到身体能量的平衡。

海鳗则是躲在自己的岩洞中，偷偷地看，出手便是得手，这样的习性总会被说内向人，确实也是。白肉鱼习惯处于一地，没什么刺，容易受到居住地、亲近的人、食物等的影响。

第七题：喜欢吃特殊味道的青菜，如红凤菜、甜菜吗？如果完全不吃菜，喜欢吃羊吗？

作答选喜欢的人，是石鲷。不喜欢的人，则往第八题走。

石鲷被称为矶钓之王，梦幻之鱼（白肉鱼颇多这类王者）。这些称号来自它很难钓，牙齿会咬断各种鱼线，并且挑食。

若是石鲷，常会被说铓铓角角很多，那些人都不知道那是原则，说是原则更像是反应，不喜欢主动出击，会找寻目标，但目标十分稀少。曾经有人钓起石鲷，吞钩，要拔钩时，石鲷不舒服一咬，把人手指咬断的案例。认为错误的人、事、物一律不碰，遇到了还会不客气地对待。但熟悉习性的人，就很容易把你骗到手，石鲷从本来只吃礁岩岸的小虾小贝，却被钓客喂养更甜更好吃的南极虾，习惯之后只吃南极虾。不用怀疑，这就是石鲷人的特色：高冷，却有可能被融化。等待，找寻契机，上钩后随节奏卷线，是对待石鲷的最好策略。

第八题，会刻意为特定场合穿搭特定衣物吗？

是者往第九题走，否者为石鲷。

第九题，续上题，选择特定衣物，是为了低调融入群体，还是为了彰显自己？

如果是选择低调融入群体的人为红喉，选择彰显自己的人为石狗公。

本以为儿子会是石鲷人，有自己的食癖（不吃包馅的食物、化工甜点不爱吃），他却对青椒、苦瓜、红凤菜、羊肉等有特殊味道的食物挑食（他对于不能当矶钓之王，很不高兴）。超喜欢穿橘色或黄色衣服，裤子选亮蓝，不是为了亮色，而是自己喜欢。运动就得穿运动的衣服与外套，有点一板一眼。不喜欢出风头，幼稚园老师抓他出来跳舞，跳得像鹌鹑，回到家却是个舞棍。

红喉身处深海，移动性低，油脂丰厚（懒得动），体色艳红，在人类眼中是个花枝招展的鱼种，但回到深海，红喉的红变成黑，黑是微光无光处完美的保护色。

老婆测完也是红喉，红喉人最有趣的地方是自己不知道自己的好，它没有像是鲔鱼、鳍鱼知道自己的肉身是靠高速游动维持生命，以及会感知天冷与即将到来的产卵期就开始续脂的特性。红喉天生就是美味，却不自知。给老婆与儿子的建议就是自知与自信，偶尔在人类的世界觉得寒冷，就把身体内的油脂燃烧当成温暖吧。偶尔奔跑逃避或是直面困难，不用害怕能量耗尽或是不再温暖。红喉人最大的特色是当回到家、回到熟悉的地方，一下就养肥了（老婆表示你是说我胖是不是），最爱耍废，熟悉独处，也得自信地面对这个世界。

石狗公，深信自己是突兀且独特的存在，就算是用拟态模仿周遭的环境，都比有着保护色的其他鱼种来得夸张，例如近海的鬼石狗公长得比礁石还礁石，或是鲉科像颗大圆石，还有毒；同属鲉科的胆星鱼更让猎食者不敢恭维，身体布满棘刺粗角。不用拟态的狮子鱼也是石狗公，夸张的造型已经宣告自身有毒，毒的都是那些棘刺。属于石狗公的人，是自信与自卑的结合，深信自己的特立独行，同时也怀疑自己的怪异，所以张牙舞爪，深信攻击必然是最好的防守。既然拥有自己的审美，就少质疑自己。

家人全部做完，一一命中。

“样本数太少啦。”她边说边印了几十份，打算带去市场给客人做。做生意都来不及了，还做问卷？但她才不理我的劝，给了我一半叫我拿给鱼贩们做。我没想到都毕业多久了，还要像大学生或直销一样，给人问卷。

背骨全仔是鳍鱼，邱伯还要我一题一题念给他听，念到一半我就觉得他一定是懒惰的小甘鲹。本以为像我一样的做事人，会有很多红肉鱼的类型，才发现各色人都有。我以为阿娥姐会跟我一样是不能停止奔游的鲔鱼人，她却是海鳗人。

在鱼市看到的鱼贩，偶尔交际聊天，大多时间都是在采买、搬货。彼此有时是朋友，有时是批鱼的竞争对手，能让我挖掘的只有一点点生活的样子，大部分还是工作的样貌。看看测验结果，感觉鱼的占卜还能修正。

太太在摊位上将测验发给比较熟的客人，年轻的客人会说很有趣，测出是鲔鱼的客人都比较爱杀价，测完还问有没有折价券；鳍鱼人特爱吃时令的鱼。

“真的能当鱼之国师呢。”太太笑说。

但统计样本要更多一些，那就让更多人测验吧，我想。

“你喜欢吃鱼吗？”下次遇到我，我会先这样问你。不是为了窥探你内心的模样，不是想要将你分类。或许我想当鱼之国师、鱼法达，交谈几句就能知道你是哪一类人了。有这么好分类吗？人偶尔底栖，偶尔浮游，偶尔深不见底，怎么洄游又怎么在珊瑚礁区定居，寻找个舒适区，伪装成保护色。

踏出保护色，必须学习不一样的生活。人的分类学，不管是星座、心理测验、人类图、鱼类图（谁说这篇是显学啦），我总只看自己的，试着看看别人的模样，何尝不是学习的开始。

有准吗？不准的话，就再做一次。

鱼占解析

狼牙鳝

又名鳢、海鳗。生长区域为珊瑚礁区，藏躲在岩洞里等待猎物。肉质细嫩，味道淡雅，鱼肉多刺。

这类人的特点为心思细腻，喜好观察。自己想得到的事物，总是低调找寻最准确的时机点出击。不怕长时间的等待，也不怕许多挫折，只怕目标不够有挑战性。生活中面临到的挑战，往往是别人不懂这类人为何时常在等待或是做事情讲求细节，就像是现代人不吃有刺的鱼，不懂鱼刺越多包含越多细腻的风味。刺多要慢慢挑，吃习惯后哪里有刺、哪里有陷阱都能躲过，所以这类人不能忍受太粗犷或做事随便的人。

狼牙鳝人喜欢果断速决的人，他们深知果断速决不代表随便，行事直接也可以圆滑，就像海鳗的日本料理方式，需将鱼骨细切，一寸海鳗划上二十三刀，使鱼刺鱼肉顺得服服帖帖。不只需要果断，更要习惯狼牙鳝的节奏，话要说得刚好，知道狼牙鳝的内涵。台湾料理叫狼牙鳝为海鳗，透过中药引出海鳗的补，日本则高汤速冲，两个不同料理方式，能看出与狼牙鳝人相处，重要的不是节奏，反而是过程中能理解到这类人的内在与淡雅。

小甘鲹

生长区域在礁岩区、沙岸。以无脊椎生物为食。肉质柔细，味道带有鲹科的独特风味，却没有鲹科较硬的肉质。

小甘鲹不同于近亲鲹科鰤属（如红甘、青甘）为太平洋洄游性鱼类，这类鱼喜欢待在同一片海域中回绕。小甘鲹更近于白肉鱼，偏好定居，内向，对挑战不感兴趣，但它仍有红肉鱼的特征，随季节肥美，慢慢饱足自身的内涵。待在舒适圈发挥自己所长，喜欢和各种人相处，柔软地面对世界。生活中常会有人质疑他们为什么不往前冲，其实不是不往前冲，而是走得扎实，这是小甘鲹的步调。

这类人喜欢跟他们说慢慢来的人，知道死线与界限在哪，不要整天催促。个性温顺，偶尔懒惰，喜欢群体生活，却不爱开趴。这类人常会被说是随遇而安，正确地说是不遇而安。一迁移就得找同伴一同前往，深信人为群居动物，容易掉入从众的陷阱，不会察觉自身的特别。小甘鲹独有柔软又带有红肉鱼些微铁味的特质，别人都知道，只有自己会忘记。周遭如果有人是小甘鲹，请提醒他自身的独特性。如果自己是小甘鲹，将自己好的地方弄得显眼，这不是正能量学，只怕小甘鲹人忘记他们自己独特的特质。

土魠

生长区域为近海，冬日随着洋流至台湾海峡。食物为鱼类、虾类、头足类。非冬季的土魠肉质粗硬，红肉且带有浓厚血味；冬季的土魠，肉质转嫩，富含油脂，肉色转换成凝脂的米白，血味消散。

土魠人外向，凡事先有规划才去冒险，不莽撞行事，却也不局限自己，喜欢步调快的生活方式，独立却不孤僻，会与团队配合。对土魠人而言，待在舒适圈或异温层，并没有多大的差异，习惯不同环境是土魠的本领。偶尔的挫折会让他们容易苦闷酸肉，往往勇往直前，不迂回。有些时候会撞伤身体，有些时候安然度过，作为土魠人的伴侣或是朋友，请不要插手，让他们用自己的节奏度过，总会转换到他们喜欢的冬。

他们喜欢工作，却不是工作狂，很随和好相处，但不要对他们的路线有太多质疑，土魠的牙齿很利，不高兴可是会咬人的。如果自己是土魠，要记得勇敢，不要退缩。

鲔鱼

生长区域是在各大洋洄游，四季皆有，以春季为佳。食物则是鱼类、头足类。鲔鱼人是工作狂，不工作毋宁死。直朝目标奔流，不到目标不停下，若突然停下，他们总会焦躁不安（一旁的小甘鲹或是白肉鱼都觉得怪），别怪鲔鱼人，他们天生如此，人生对他们而言是场没有休息站的马拉松，跑到缺氧，都比不尽全力地跑还好。鲔鱼高速且不中断地游，体内累积的乳酸上升，忽然停下，会让身体温度快速提升，造成焚身，身体甚至会受损。

如果鲔鱼人遇到难关，不如点醒他们有其他的路，反正他们随时都向前，曲折地向前，给他们更多不同角度，反而多了缓冲，更能完成他们想要的目标。如果自己是鲔鱼，把工作当娱乐很好，但要记得休闲放松可以让自己游得更远。

石鲷

生长区域为礁岩区。喜欢吃贝类、虾类。

石鲷并不好摸透，在他所处的海域里，石鲷为食物链顶层。在礁岩的缝隙中咬碎贝类、藤壶，虾蟹的壳也阻挡不了他的利嘴。石鲷的原则很多，常被说龟毛或不好相处，常有攻击性，那是他们的防备。会先与陌生人保持距离，如果踏入他的界限，会直接咬下。这类人工作上完全不用担心，只需担心他的伙伴没有做好。他们习惯一人独走，常会被说不合群或是高傲，并非如此，石鲷只是非常了解自己的喜好。与石鲷人相处，记得顺他的路走，知道喜好之后，不要拍打，请多喂食。如果自己是石鲷，要知道自己适合什么，有时宁愿自己一人，也不要被花言巧语骗了；

柔软的食物虽然好吃，但要记得石鲷人可以吃坚硬的贝类，走困难的路。

红喉

又名红臭鱼、红加网。生长区域为两百到六百公尺的深海。以虾类、头足类为食。

红喉人有两种非常明显的个性：喜欢耍废，却对自己喜欢的事情十分热衷。跟狼牙鳝有点像，红喉人喜欢观察，但不是为了出击或猎食，只是在他们的世界，看微光映射深海鱼群们的模样，有时，找到小虾、小鱼才缓缓猎捕。在六百公尺的深海中，不需要快速的步调，不用一直猎捕便能畜养成肥，油脂丰厚。内在与外在都有自己的想法，喜欢自己与别人不同之处，深信自己是特殊的人，自信到别人看得出来他们很特殊。这样的特殊，让他们在同温层往往是焦点，到了异温层或是不同海域，红喉人常常会感到不安。

与红喉人相处，得知道他们特别的点在哪儿，理解之后，便会发现他们的浓郁，其实很温顺。若自己是红喉人，该隐身观察时，用能看透黑暗的双眼仔细地理解；该展现时，让红色鳞甲释放光芒。红喉的大红色，在深海是保护色，在不同海层却特别耀眼，记得多观察，多思考何时是能显露自身特殊的时机。

石狗公

石狗公种类繁多，分处于礁岩岸（狮子鱼）、深海区（无鳔鲉）。以小鱼、小虾为食。

石狗公人从不掩饰自己的特殊，他的特殊不单是自信，更是保护自己的方法，如狮子鱼的毒刺、胆星鱼的臭气。跟红喉的最大不同，是石狗公人往往没那么多丰厚的油脂，他们内里清淡，没有过度的香味，这点跟他们的外表不同。

石狗公人会觉得自己外表的独特与内在不相符，就算旁人没有要侵略或批评，他们依旧会张开胸鳍与背鳍，用攻击的模样保护自己。石狗公人遇到的迷惘，不像红喉是因为外在影响，他们往往会质疑自己有没有资格得到生命的成就、美好，甚至是自己所拥有的一切。就算知道自己的模样，知道那些难关要怎么过，在质疑自己的过程中，听到旁人的流言蜚语，他们会在心中放大。面对石狗公人，得先放下自己的防备，让他们觉得没有压力。若自己是石狗公人，放松一点，你正如自己想象中的美好，不用随时都是攻击与防御姿态，躲进保护色里，别忘了石狗公身上的棘刺都是种拟态，学习不让人看见时的自在，会更没有伤，更不用质疑自己。

代鱼贩

弓鱼

弓鱼，是我国中时在鱼摊，阿公教我的第一件事情。

后来在病床上，阿公被从头到脚的线束绷紧，成了弓人。

能动的，只剩鳍与嘴了。鳍摆动，嘴开合。弓好的鲈鱼无水也能多活几个小时。

“绑好了喔？”爸说。

“人客，鲈鱼要剖开吗？”

阿公梦呓，入梦时，手在空中挥舞，那双手只剩下皮骨，跟鱼刺很像。爸觉得像是指挥棒，拍拍阿公笑说在跳舞。

阿公没有说话，梦呓，用拇指与食指继续挥着。

“阿公还在闹喔，指挥音乐喔。”爸跟我说。爸还在闹。

绳绑成两个小圈，一个套住鲈鱼的头，另一个套住尾，鱼身拗成半圆。一条红绳就把鲈鱼困得不能反抗，身体不能动作，只有鳃盖能微开微合。将绳套上一尾又一尾，绳圈卡在鱼眼下方，如果再下去一点，阿公就会念说："这样不行，鳃盖完全盖住了。"

我以为完全盖住的鳃盖，能让鲈鱼的鳃保持水分多一点，也活得久一点，但阿公说："盖起来就像死了，半开会动才像是活的，活的才好卖。"

弓鱼，是我国中时在鱼摊，阿公教我的第一件事情。

五专时，阿公只教我一件事：接下鱼摊，好好卖鱼。那年，爸将家里所有财产赌光，他回来卖鱼，又将卖鱼的收入转为赌金。久了，阿公只记得叫我好好卖鱼。

血缘是绳，我们都绑成相安无事地活了下来。

"鲈鱼活的吗？"客人问。

我用手拍了鱼头，鱼的鳃盖有动有活。拉起一尾鲈鱼，红色的绳拉得更紧，鱼的身体变成拉撑的弓。绷住鱼头与鱼尾，鱼自以为活着，其实是死不了。剪开弓绳，就都没了。鱼体肌肉松弛，瘫软在刀痕斑斑的砧上。

"鲈鱼这样就死了？"幼年的我曾问阿公。

“像弓箭一样啊，弓弦断了，弓就坏掉，就死掉了。”

一刀割开下巴，让脊骨断裂，身体已收不到脑的电位，感受不到痛与紧张。我让它回到水里，鳃盖开合，那是它熟悉的环境；水有心脏打出的血液，就不是它熟悉的环境。

只有脑的鱼想了什么呢？

阿公梦了什么呢？

他又一次中风，失去了语言、行动能力，只能躺在病床，偶尔发出咿啊声，也有心电图仪重复的哔声，没回应也继续叫。

“身上都是线。”我说。爸只是嫌吵，嫌阿公唉唉叫，他顾不下去。

我想跟爸说阿公的唉唉叫不会是骂你，他不曾骂你。我留在躺椅上不动也不走。

“他这样还要顾什么？”爸说。

“顾他不要去扯那些线。”阿公身上的线，红黑蓝绿黄白。

我想象阿公转身时，从头到脚的线束绷紧，成了弓人。

还真的转身，我以为他已半死。转身时，缓慢拉扯线束，仪器滑动没有声音，直到他发出哑啊的叫，已没有力气将线束、接头、端子全都扯开。

他还有力气，他还活着，我想起剪开绳后瘫软的鱼。心电图发出声音，划开现实。只是贴片掉了。阿公如果这时死了，该怎么办？护理师随即赶来，只看我一眼，将所有的线束、端子归好位，阿公又活过来了。

阿公又变成弓人了。

每个鱼贩都知道，弓起的鱼看似可怜，但活的才好卖。

在摊位前，爸跟阿公都问过我以后要不要卖鱼，摊位上排列整齐的弓鱼，看得我腰也挺直。“不要。”当时的我说。

阿公如果还能问这问题，他会得到满意的答案，“我已经在卖鱼了。”

我会跟他说这般延命的鱼不会好吃，甚至比死鱼还难吃。半死状态，剖开鱼身细小的黑色血瘀，像是他的褥疮。不要弓鱼，这是我想教给阿公的第一件事。

这些回忆像是梦，在招呼客人或是刨鱼鳞时被唤起。

“你刚梦到什么？”女友问我。

“卖鱼。”

"那有什么好梦的。你有梦过变成一尾鱼，或是你杀过的鱼全部来找你吗？"

如果杀过的鱼都来找我，肯定是噩梦，我变成一尾鱼也是噩梦。但我只梦过几次在杀鱼，待杀的鱼堆叠，闻到鱼死后的发酵味，我便知道这是梦，醒来的我已闻不到鱼臭。

阿公的梦都类似这些吧。"那些梦说不定是怀念。"阿公在我的梦里说，我趴睡在病床的铁床围上，听到了阿公的声音，我以为他真的说话了。

"那么近，你干么不直接讲？"醒来的我对他说。但他嘴里插管，只能安静。

我换躺在折叠床上，棉被盖住眼睛，求能重新入眠，告诉自己放松，明天得早起。想象有只手轻拍肩胛缓缓哄睡。

"那么近，是你在拍我的肩胛吗？"

我常眠不深熟，工作从凌晨两点开始，八点就会跟自己说该睡了，常常耗到十一点才入眠。阿公不是这样的人，他吃完晚餐后就寝，每年有几天他会为了祭祀特别晚睡。

"阿公，你每天都要早起，这么晚睡有睡饱吗？"

“有睡就会饱了。”阿公会这样回吧。

“有睡饱吗？”每天醒来，我问我自己。

有，很饱。就算睡不到一个小时也一样。今天也是，看看时间我睡了一个小时，十二点醒来。

阿公精神很好。手在空中挥舞，少了根手指的右手像是握住什么在上下拉动，左手则是固定某样东西。“在跳舞喔？爸。”过了探访时间才来的爸，拿起手机录影，传到群组，写：“阿公跳舞。”也传过类似的影片说阿公在指挥音乐，其他亲戚传了许许多多赞的贴图。

其实阿公的梦不会是跳舞，是杀鱼。我爸也知道。

爸按了急救铃，只为那双干枯鱼骨的双手不停挥舞。那双手被拘束在铁床围，冷得像保鱼鲜的冰。垂软、变形、骷白、细枝，不是手了。

“阿公不能动了喔？”

“对啦，这样绑起来才好，才不会拉到线。”爸说这些，还补一句：“要乖喔。”

爸常说他的世界被阿公与这鱼摊绑住，他说他自己很乖。

很乖的阿公，很乖的爸只看五分钟。

阿公的身体与病床相黏，黏得死死的。褥疮会不会更严重，要将他拉起身拍拍背拍拍臀，“褥热不舒服吧。”我跟他说。突然，他腰背弓起，手被束缚无法转身，我将手伸入衣服，拍拍他的背，没多久却塌坠下来。

抽出我的手，他的汗湿，他的热濡，癣臭就如鱼腥。我坐了两个小时看着被拘束的他，想着阿公会不会连梦也都没了，手不能动，谁还知道他怎么做梦。我在他眼前挥手，以为他只盯着天花板会无聊，不过没有反应，我脸贴近，他只是看，只能看，或只是没看。

是看不到了，棕色的瞳孔，变成灰白近蓝色，不单是眼球，还有眼皮、眼白。那是什么都说不出的眼睛。

爸说不用常去医院，说得也很有道理，又不是要记录什么，也不是有那么多时间可以磨耗。有点遗憾，同时我又给自己说辞，爸都不去了，我做孙子的去干么？

我没有再去阿公的病房。想看看阿公的手，有被解开束缚吗？又怎可能解束？他死的那一刻，我没赶到，我到的时候，他的手被束得紧紧的，等到护理师将仪器的线束拆光，才将手拆开。拆开那刻，血回到白色的手，红了又白了。

“你晚了一步。”爸说。几个长辈也刚到来，他给其他人看阿公死前突然红润的影片。我很好奇那影像，也很好奇有什么好录？

大家站在那，看一具尸体。爸身为独子，讲特别多的话，他没说他如何照护阿公，他也没有说阿公生前如何（或是他会不会愧疚），直说阿公死的时间挑得很好，不在过年，也不在早上，是在不用卖鱼的晚上，爸说这样的阿公很疼他。

我走出病房，并不安静，耳朵存取那些多话的字句。医院的大厅，只剩下提款机的灯亮。要两点起床，便坐着睡觉。

“好好卖鱼。”爸拍我的肩说，跟我借了一笔钱。“你是长孙，以后我的也会是你的，别那么在意啦。”每次跟我借钱他都会说这句，或许他跟阿公拿钱的时候也说类似的话。我只想要他闭嘴，拜托不要说话。

爸传来讯息，指示我各仪式的时间，那些都只是在度时间，也没拉起我想念阿公的绳。

“就这样过去了。”送阿公去火葬场，棺材排完队后，我对自己说。

“接下来要跟亲戚吃饭，你要去吗？”爸问。我没有去。

爸像是完成某种成就，招呼亲戚进灵车与随行的游览车。

那天不知道多少次鞠躬，最后我向家族告别时，又鞠了一次。手机震动，显示爸传来了影片，灰蓝白的灯光，他近照着阿公，那无神的眼变成了黑，看到了所有的光，又不再看了。停在那几秒，爸开始喊叫几声爸，快过去快过去。我停在那，要怎么看下去。

“子孙代代出状元，有无？”

“爸你就快过去喔，好好走过去喔。”爸说。

渐死的鱼弓好，死得更慢一些。将死去的鱼弓好，价格可以好一些。

将橘色水桶内的鱼捞起，在冰上挣扎。指定要活鱼的客人，就算被这些鱼尾甩起的水喷到脸也没差，选了几尾，我留几尾在冰上。它们依旧挣扎，甚至跃起在空中翻圈，那些客人看得入迷，但不用多久那些鱼也不会跳。爸把活力减弱的、刚死还未僵直的鱼弓好。

“没得看啦，没得看啦。”

“阿公，我要看鱼跳舞啦，那个鱼很会跳喔，跳很高喔。

我有看到喔。”

“没啦，要不然你问老板有没有。”

我手里拿起木槌，往鱼眼中间敲下，鱼不会再跳。

我对那位阿公笑了笑：“弟弟要不要学卖鱼啊？”

“不要。”

“卖鱼有钱赚喔，可以买很多糖果喔。还可以每天看鱼跳舞喔。”

“才不要咧，很臭，阿公走了啦，走了。”

手内外挥舞，鳞片撒在衣服，卡在手臂，黏在眼镜上。从那片鱼鳞看到的光线是彩虹，可是什么也看不到。那尾鱼光脱只剩体肤，嘴不断张着，那不是呼吸，那是将要窒息，在找寻木砧上积留的水。就算能呼吸到积留的水，也不能游了。

“这鱼还活着，你要折它啊，要不然又一直跳。”爸说。

食指与中指从鳃侧找寻支点，一扳，能感觉到骨断，也能感觉到肌肉的松弛。鱼眼与我相交，那是无眼白的瞳孔，只有黑。

将那尾鱼放入清澈水中，血流出，一下成血雾。我又处理下一尾，刨鳞，折首，丢入水中放血。折首的鱼，入水后是不会跳的，但我总觉得今天的鱼仍在水中呼吸。

快点让它们死吧，我一尾一尾取出内脏。拿出鲈鱼如小指一般的心脏，计算能跳动多久。

影片里的阿公，忽然绷紧肌肉随后松弛。人能弓起延命吗？这问题太蠢，早就是如此了。

“好好卖鱼。”告别式上，每个见到我的人都说。我鞠躬，直到腰不能挺直。隔日，腰背无法放松，只能挺胸，弯曲的角度就像死后僵直的鱼，更像是被红线绑住的弓鱼。

刨光鱼鳞，继续刨下侧线的皮肉。未死的鱼一跳一跳，久了，习惯了痛也不跳了，只在那里开合呼吸。或许将它弓起，还可活一阵子。我拿起一条弓绳绑起，用力绑着直到压出痕迹。

两个绳圈。

我只看到我的右手挥舞，左手抵抗出了红色的血痕。

“你还在闹喔？”爸说。

他弹了弹弓绳，是玩弄，或是想看我还能不能呼吸，拧扯地活。

冰箱

这间房子或说这个家，就是台冰箱。

他将我冰在冷藏，维持在随时可以食用的状态。情感可以是冷的，当有需求时，加热一下就好。

我不知道将冰箱插头拔掉，会长出更多的生命，就算没装东西。

明明那就是空的。我把他开过的荫瓜罐头丢了，怎样也得丢，有白白的霉，摇晃了几次也不跟下方的褐色酱汁融合，能看到薄薄的毛边，很像这栋房子常附着的灰尘，在木地板上堆叠如同发霉。有时还真觉得那些灰尘，在扰动之间，散发出交配后的子嗣或是有丝分裂什么的，说不定冰箱里这罐荫瓜上的霉，也是层灰。

把牛奶、冰淇淋放入同一个保丽龙箱内，我放了几只冷冻的矿泉水瓶。冰淇淋一定会融化的。这我知道，我就是要让它融化，让外面的纸盒软化，油脂糖水溢出在保丽龙箱内。那样他就会生气，就会觉得麻烦。家庭号的牛奶，他不可能一次喝完。甚至，他没发现那箱保丽龙也无妨。

臭酸的味道，他闻得到吧。

我跟他住的房子，十几年来，只有一台坏掉的小冰箱。我结婚后，老婆怀了第一个孩子时，我整修了一层楼，我想那是我自己的家了。新厨具、新地板、新的厕所，什么都是新的，还选了台新冰箱。在不破坏他的家屋结构下，我创了一个家。

以为能好好共存，但他的世界只有他想象的模样。

他活在他十坪大的房间，装了台特大吨数的冷气，冷气轰轰。当我开门找他，抱孙女找他，他都只是看一眼，便窝在他的书桌前，算起六合彩的数字。只开了一盏书桌的白灯，小小的灯不能照满整室，他的房间气温很低，低到袋袋垃圾里已长出果蝇，仍闻不出坏掉的气息。这房间的味道是怪异的，就在关掉冷气之时，或是离开他房间时，慢慢地将木门关上，灯光消失之际，那一刻就跟偷偷看冰箱灯何时关一样，挤出了空间的空气，散发在常温之中。

我闻到了他的味道。

我的家在三年后，被他的家摧毁。

是保存期限到了，是放在他的冰箱里的我坏了。

他保存家人的方法是得跟他承受会钻入身体的虫，可以是债，可以是情感。当我要离开时，他依旧静静地待在他的书桌前，像是在哭，像是在笑，像是一直以来就只有那个模样。我想多说些残酷的话（总以为残酷一点，人就能清醒一点），只觉得好冷好冷，下一秒压缩机停止，整个箱体震动后安静。

我打包了我那层楼，转移到二十坪左右的太太娘家。“冰箱不拿？”老婆问。我说那要找搬家公司，况且娘家也没地方放。我们两个笑了，笑起二十坪的空间要放四十坪的东西，又留些衣服、书在他的家屋。

他的房子里，我只想拿走那台我买的冰箱。

因为是我买的，我就能拔掉插头，不给任何人用。不住在这里的我，让一台我买的冰箱不运转，说是为了省电，其实是不想让他用我这台冰箱，很小家子气的。

冰箱放在那，流出点水，有点像是杀猪杀鸡杀鱼，将这些牲畜吊起沥干，放进塑胶袋里时仍然流出血水，流出最后的液体才说自己死透了。冰箱流出的水，在地上，淤在冷藏箱体。淤的，或是藏在管线内的，跑到隔热发泡物内的水分，久了变成被遗弃的味道。

再度开启我的冰箱时，它像是在跟我说你遗弃了我好久，体里孵化了许许多多的子孙。我开启冰箱门，细密、多到堆叠的小虫，白色卵及幼虫蠕动在淤水滩里，水滩的边缘已有蒸发后的灰痕。蒸发后又有积累水滩，冰箱里是否有云还会下雨，一时有了这样的想法，又觉得太幼稚。那些飞虫似蝇似蜱，在我将所有物品清出、拔掉插头，温度升高到十五、二十、三十五度时，才破卵而出。我不能想象哪里藏着它们的卵（或在哪里交配），是冰箱，冰箱就是虫的母体，这些虫是母体被遗弃孕化的仇恨。

我轻声地说："我要把你搬到我的新家了。"却大力关上冰箱的门。不敢插上让压缩机马达风扇运转的电源，生怕吹出虫的千百族人会塞满冰箱，恐怖片里的鸟、虫都是这样的。

它是孤单的，这间厨房只有它发出压缩机的声音，而被我拔掉电源之后，不能说话，它更孤单了。我回来，要将它搬走，它用气味占满这间厨房。那曾是我的厨房，大雨后的草味，喝过几天的腐坏水味，混合了当初它全新的塑料香味。

我真的很喜欢闻那种冰箱塑料的香味。

第一次闻到新冰箱的气味，是一台肤黄色外壳的美国冰箱，开门吹冷风，慢慢关门偷偷看何时它会关灯。没人知道何时它会被人类的味道占据，占据之后它就是主人的味道。那台是我阿嬷的冰箱，装满了隔夜、隔隔夜的菜，狮子头、五柳羹、红烧蛙腿、早餐配粥的面筋，也有几罐养乐多与布丁。三层总是满满的，包塑胶袋的是生的，用盘子装的都会在晚上变成晚餐。

任何东西放进去，都得沾染一些阿嬷的，或说是我家的味道。

撕开布丁的铝箔薄膜，化学甜里，加了些韭菜、蒜臭。一热再热的狮子头，从褐色的酱色变成深深的黑；卤肉、卤蛋只要进入那台冰箱也都会变成那般的黑。

我、我弟与他、阿公、阿嬷，每晚也一热再热地吃，一冰再冰地说吃饱了。他只会吃他喜欢吃的新菜，其他的人偶尔迟疑着要夹哪道最接近腐败的菜时，阿嬷会说，快吃快吃。卤太久变成铁蛋的卤蛋，水分都没的鱼。

吃到坏掉、馊掉的菜，阿嬷都会说："怎么可能？冰箱冰好好的。"阿公总回："不行就丢掉，热了再热，也没人吃。"就这样回了几句，我与我弟都以为他会帮我们这些吃旧菜组的多说什么，但他舀起汤，将碗放到厨房的水槽，对我说记得洗碗。

几个晚上，他会帮阿嬷说话，隔天晚餐就看不到那些馊掉的菜。他也会帮阿公说话，很少。说那些话跟不说一样，隔天仍然看到馊掉的菜。几次，我趁洗碗时将那些菜倒掉。记不得那些骂了，只记得那句："冰箱冰的东西怎么可能会坏？"

洗完碗盘的手，跟冰箱的味道无异。饭桌上或客厅的木椅一人一坑地没有声音，看歌仔戏与无趣的综艺节目，他总会比我跟我弟早说他要回去，回两百公尺外阿公为他买的家。无趣也傻傻笑的我说："爸，拜。"走之后，冰箱的压缩机动了，声音连电视放得大声也听得到，温度低了几度，冰箱里的东西更慢坏了。

阿嬷总觉得冰箱是可让食物、东西（药、怎么都不用的化妆品）永葆如新的魔法箱。

更冷的风吹出，冰箱更冷，这里也更冷了些。有什么东西不会坏吗？肤黄色的冰箱，卡脏污油垢，也变成隔夜菜的色泽，压缩机运转的声音更大了。想要努力打出更多保鲜的冷风吧？越大声，越不冷了，一下子什么东西都坏了。永葆如新的魔法箱变成高温细菌毒素的培养皿，一坨一坨地烂去，隔天上了餐桌，他静静地吃新菜，我夹一些新的，扒饭，不吃的菜转为更多的骂，我知道冰箱坏了。

坏了就买一台新的。隔天送达，早上留我在家等着，没人整理的旧冰箱，闷了一晚，开了冰箱门整理，那味道已变成酸腐。上层渗出肉、鱼、水饺各种的水。一包一包放在流理台，还是得等这台冰箱的主人回来，才可以丢。冰太久的肉跟鱼，会干得像是熟了，坏掉的气味生得要命；冷藏的旧菜，也坏了，但味道是甜甜的酸。

“这些都不能吃了吧，可以丢吗？”我问他。

“等你阿嬷。”他说。

当我等到阿嬷回来，新的冰箱未到，厨房堆满旧冰箱的收纳物，没有怦然心动的收纳魔法，只有挤压推至深处没人知道的食物。在冰箱坏掉之时，像是赃物摆设在桌上，我没有问为何要买那么多而不煮，我只问阿嬷什么能丢、什么不能丢。

她拿几样昨天的菜，放到电锅、蒸锅上蒸。

“那不能吃了啦。”我说。

水滚，蒸入。

甜甜的腐臭热了，转为蒸汽，说不出来那是香还是蕴在我家餐桌的主人味道。

几道菜就放在餐桌。

“怎不吃？”阿嬷问。连饭都干冷，怎么吃？

“你要回来吃午餐吗？”我问他。

“不要。”

他不回来，连饭温热的可能都没有。我扒着干冷的饭，阿嬷打开一包包解冻的食材，闻过一遍，绑紧，继续放在流理台里。打开一包，味道发散一次，无法数清有几包。鼻息充满了各种腥味，连热的菜坏掉的味道都变成深深的腐味。

那碗饭我吃不完，那些菜我动不了。

“来了来了。”阿嬷说。

安装绿色的冰箱，放水平，搬走旧冰箱。

包在新冰箱上的塑胶膜，阿嬷没有拆。她只是插了电，开启冰箱门，坐在冰箱前面，闻起新冰箱的味道，又将那些绑好的食材放进冷藏。

“你还要吃吗？”阿嬷问。还不等我回，就将菜全收走，冰了进去。

新的绿色冰箱又变成了主人的味道，我家的味道。新的，放入了该丢的东西，看起来也像是旧的，旧到绿变成油污的黄。

当我拥有自己的空间，我买了台深咖啡色的冰箱，本想怎样也染不上比它浅色的黄垢吧。每天用完都认真擦拭，不让它沾染太多我的味道，保有新新的塑料香气。在不带米色的日光灯白的箱体，亮白带些蓝的灯色，放进去的食物看起来不好吃，却有种安心。冰起来就不会腐坏。

关上门前，门碰到关灯的按钮，幼年的我会幻想冰箱在关灯的那一刻，施予让阿嬷觉得食物放此永远不会坏的魔法。这时，冰箱内关起灯了，我却不敢将吃不完的熟食放入。我煮的熟食或谁煮的都无关，我拿出不断地吃，撑了继续吃，吃不完就吃肉就好（长辈在我小时都这样教，长大也这样了）。肉吃完，葱蒜姜菜就算了，倒在流理台，厨余细末卡满了水槽。

我的冰箱，我不想要有任何主人的味道。

当时还与我同住的他，却放入了西瓜、吃不完的便当、几罐没开的罐头，在我的冰箱里开了一个命名为他的小小角落。

我依旧每天地擦，偶尔放入喝不完的手摇饮，第二天要么喝完，要么就觉得茶酸倒掉。常住的是米、油、酱油，酱油与油的盖口擦过毫无残留，米留一盒放在他的小小角落旁，那盒之外，住在冰鲜抽屉里的米瓮。那一盒米，本以为是界域，只是他的物件扩张侵略挪移了，那一盒米被推到更深更旁的地方。

他在我的冰箱，有一层他的空间。他以外的空间，不曾满过。

放久的荔枝，黑了干了，粗糙的表皮变成粗刺，果肉干瘪无法孕育任何的虫，或剥开后内里是饿死的虫也说不定。开过的茄汁鲭鱼，茄汁看似是快成形的血痂，鱼肉块则像是包裹在子宫内五周的胎儿（也是块肉）。面筋、笋干、荫瓜都荫在他的角落，长毛，多了白块。他的领地堆得满满，他的房间与他妈妈的一切，都能称为囤积癖，不拾荒，拾起不丢是自成的荒。

那片荒废的层叠之物，是这台冰箱里最像是有人使用的空间，是他的文明（我的那盒米早变成他的）。

发臭，发酸，发出怪异的甜味。

主人的味道。

驱逐着这台冰箱的塑胶味，新新的香，我曾想久留的香。

满载的储物层将冰箱生冷的光截下，至此，下方再也无光。同时，有光之处，他继续攻占。他的味道填满了整台冰箱。

我猜想虫是那时进去的。

虫在发泡物内产卵，在管路中飞舞，当冷风吹，它们会在箱体飞；只不过我打开冰箱时，冷风停歇，光亮起，它们钻往管路之中。有几只来不及回去的，我也会当成那是水果的果蝇。它们产了多少的卵，蛀了多少又住了多少，在隔离室温与冷藏摄氏四度及冷冻摄氏零下十五度的发泡物中，成了温暖的居所。

我的冰箱给了他任由腐败的空间。他给了那些虫啃咬我的财产、我的物件的空间。

“你用冰箱的习惯很差很脏。”修冰箱的人说。

我想辩驳是他，他是我爸，他用得很脏。但辩驳也无法说什么，保固书上是我的名字，这台理应是我的冰箱。

修冰箱的人拉开冷冻库，像是在说你看。我看了，满满附着在箱体的细小虫子，多到白成黑，黑出了味道，是雨后积水闷了几天，阳光曝晒过的水味，还是这些虫累积出的体味？最像是那片荒废的层叠之物，我爸的食物、他的体味。修冰箱的人要开口说话时，抖动了箱体，那些虫飞起，我闪躲。

“怕什么。它们不会飞出来。”

万千虫只，在箱体内绕圈飞转。

那是它们的家，是我爸给它们的家。

“还能修吗？”

“能。”

我又清洗了一遍。修冰箱的人补满了冷媒。

将温度调到最低，在门缝间补缝，不要放入任何东西，让一切更冷一点。

最冷，冷藏已成零下，冷冻依旧冷冻。

我没打开我帮他放入了牛奶、冰淇淋的保丽龙箱。

再次清洗时，我已经知道这台冰箱不会再回到刚来时新新的味道。我擦抹化学的柠檬香气，闻起来也不香。

全力运转的冰箱，并不像当初阿嬷的那台冰箱，吵得是家里的背景声，就算家是安静无言的噪音。我的冰箱，微微抖动。

“喔唷，又可以用了喔。”他说，又说了一些当初就给他用就好的话。

“啊这台你真的要搬走喔？”他说。

我看着自己在褐色冰箱镜面上的脸，只看着那样的我，谁的眼神也不想交会，什么话语也不想多嘴。他打开冰箱，将那箱保丽龙里面的东西，重新放入。打开时，我能感受保丽龙里面的冷，他每日更换里头的保冰剂，冰在里头的牛奶,摇晃没有声音。他打开就着瓶口喝了一口,问要喝吗?

我只觉得恶心。从他嘴边滴下的奶，走过踏过就变成黏黏的黑污，他不擦，那些虫舔，又一次虫的入侵。

他又在里头堆积他的食物。这间房子的所有物品，他都幻想是他的，不管有机无机，有命无命。他一直以为我也是他的物件，这间房子或说这个家，就是台冰箱，他将我冰在冷藏，凉凉冰冰的，随时可以食用的状态，情感可以是冷的，当有需求时，加热一下就好。他总觉得他活在那冷冷的世界，谁也不要管他就够了，赌债借据藏在房间的棉被柜里，那里最冰也最黑，不想跟我说的都丢了进去。他知道总有一天会满出来，他知道那些债与利息是冰的不断覆层，变成冰山，挤开冷冻库的门，他将家用得像是冰箱，却也成令人受不了的冰箱的变形。

无法除霜。

我只能将冰箱的插头拔掉，待冰慢慢融化。被他冷藏的我，被拿了出来，有肉拿出来煎烤，有血拿出来压榨，拿去解救那债务的冰，消了些消了些，也不是全部。

当我都成了干瘪的，他还问：“还有没有？”“到底要多少，你才满足？”我的问句，他没有回答。

那是他的冰山理论，释放真正的冻：“你还要不要我这个爸？”

我成了更冷的人。“不要。”

他问什么，我也不回。我想，虫不是这时进去的，或许刚买冰箱时，他闻了闻新冰箱的香味，放虫进去了。

驱除了虫，驱除住在这里二十几年的我。

新租的房里放了我的旧冰箱，插上插头，冰箱内什么都没有，一下运转一下停歇。一天过去，闻一闻，我又刷了一次。过了几天就是几次的轮回，直到那冰箱没有他的味道，我才停歇。我还想把冰箱拆开，看虫卵还在不在，说不定还在蠕动，越挖越深，把我的冰箱占满，发出虫翅拍打的嗡嗡声，满是黑灰地飞舞，与他的味道一起；哪天无法冷冻，热暖，又占满我的冰箱。

驱逐不了，就让它们冻着，在我的冰箱里，别活也别死去。

二轮记忆

大姑的二轮记忆里，所见城市是暗夜。

特别暗的暗夜没有霓虹，只有鱼市的灯火，直到始晓。

阿公没说过他为什么选卖鱼当职业，他很少说自己。

大姑说起幼年，每天早上都看阿公骑脚踏车去鱼市，全年只休大年初一。那时的鱼市离住家十五公里，是城市的边缘，后来城市热闹了，鱼市被赶去边陲（最近边陲的房价高涨，又有人提议要拆迁鱼市）。那台脚踏车后座载着空的木箱，那时还没有保丽龙箱和冷藏设备，大姑看着脚踏车往城市去，她却没去过城市。

幼年时以为那是专属于她的后座，阿公却改装、钉上木板和支架，特别宽，脚张开也无法横跨的后座，是为了鱼所设的特等座位。天还没亮，听着脚踏车铰链咬合，想象阿公的脚掌踏下，车轮转圈，便起床说："我为什么不能去？"

有点生气的幼年，大姑现在想起来都觉得好笑。

新的脚踏车几十天就生锈了，阿公补漆绿补漆红，整台车花花绿绿，橡胶把手缝隙都被海水的盐与手抓鱼的黏液侵袭，变得黏黏粉粉，后座木板被融化的冰染成黑色，鱼鳞像是寄生在木头的香菇，满满活在脚踏车上。

"我从未坐过那台自转车。"大姑说脚踏车还是习惯用那年代的用语。她边说着脚踏车如何变旧，边说起那年代还得劈柴，把那些薪柴放到干白又湿，一烧就变成炭黑。

"后座放了鱼之后，我知道没人可以坐了。就算后来我骑车，也没载过你二姑。木头朽了，烂到坏到跟烧过的一样，味道也是。"她说。

"味道？"

"嗯，味道。就是阿摩尼亚味。"她回。

早期的冷冻设备有用氨吗？我不清楚，或许是那些鱼的血水陈年累积，不新鲜的腐败，也可能是珊瑚礁鱼的咕咾石味。大姑也不知道。

我问她，那年都卖什么鱼？金线、肉鱼、白口，她说。

我能确定白口是这海域的近海鱼种，金线则是冷冻的南方货，肉鱼是咸死人的防腐货。这几样绑在后座木板，行经市区一个小时，到家乡之后，也是推着脚踏车沿街叫卖，晃过农田，金线的血水、肉鱼的咸水混在木板的底部，渗透近似于氨的气味。

“那就是海味。”大姑说。我不认同。

“找不出那样的味道了。”大姑又说。就算她住在花莲，那个分不出是山风还是海风的城市，海风打上也没有那种味道。就算我抹过野生三角鱼的泄殖腔（三角鱼的饮食是螺贝类，泄殖腔常有浓郁的食物发酵味，近乎尿与漂白水的味道），那也不及于大姑鼻腔中的海味。

似蚵壳味的海、血味的海、狐臭的海。咸咸的海、无味的海。这些我都写过，但我还是不能想象大姑的海。

初中的她骑那台脚踏车，想象中那画面很少女，她绑着辫子，骑一台喷漆花花的脚踏车。大姑说她每天在上学前三个小时起床载鱼，穿着如同包得紧紧的农妇，一方面怕被同学认出吧，另方面不管暑或寒，清晨四点都有寒意。

“我很喜欢载鱼。不用砍柴，不用煮饭。”大姑说。

每日任务就是追着早一十百千步出门的阿公，往半夜灯火通明，白日黯淡的鱼市前去。大姑只是去帮忙载货，那时家里已经有摊位了，她先骑去鱼市将脚踏车后座的木箱叠满，再载回到摊位放。那些鱼货多重呢？少说一百公斤。

那时的姑姑哪会多胖啊，四十公斤吧，我想。脚踏车踏板踩起来很重很重，扭来扭去也得撑十五公里。大姑以为每个人都跟她一样，骑得很慢，晚她十分钟出发的阿公，追了上来，又将大姑的鱼货拿一些过去。“阿公很贴心吧。”她说。

我想象从后方看她骑脚踏车的模样，没了那两箱鱼货，我看到她的脖颈，站起来一踏一踏踩着，只不过阿公的背影不见了。可以看到丸峰两字，是她幼年写的，很多年过去，那字斑驳且丑，但很可爱。

她想着丸峰的货是自己载的，必须稳一点，快一点到。

只去帮忙几次会觉得好玩，再多就变成工作，甚至变成日常，但那年代没有什么不是工作的。“什么都得做啊。”大姑说。

骑过雾峰、大里的农田，骑过那时什么季节都有水的旱溪，到同学口中霓虹花花的城市，她所见的城市是暗夜，特别暗的暗夜没有霓虹，只有鱼市的灯火，直到始晓。偶尔看到几盏忘了熄灯的霓虹，她不觉得漂亮，她只想快点骑回去下货，冲凉后赶上第一堂课。

载货时光从第一堂课载到上班。帮家里的生意从未间断，直到阿公买了一台摩托车，那台摩托车价格贵如透天厝（那年代买房买地不用努力二十年不吃不喝），仍然很贵，贵到挪出家里的一处来专门停车。那空间独有的油气酸味，偶尔溢散出来。

“很香耶。”大姑说。我觉得她的嗅觉很怪，很变态。

摩托车牵回来的第一天，大姑听到引擎的嗒嗒声，踩发的嘎嘎声，发动后几秒满室的白烟，姑姑们赶紧打开窗户。她又想起那台幼年仰望的没有生锈而黑亮的脚踏车。但这次她不单幻想被载，还幻想自己骑上摩托车的模样。

不是她骑也没有关系，有了这台摩托车，她就可以不去鱼市吧，她想。能多睡一两个小时也好，但还是得起来摆摊，若能睡到天亮多好，就像放假。

她还是习惯阿公踩脚踏车的声音，以前是听踩脚踏车踏板的声音，现在是踏摩托车发动杆的声音。每天都会醒来，又入梦。偶尔想跟阿公说载她一趟，只是车后层层叠叠的木箱，洗得再干净还是沾了黏液。她才不怕那个味道，我们家都不怕。只是摩托车小，无处可坐，还载满一车的鱼，多载了她便少载了鱼。少赚等于多赔，她想怎样也不能影响到家里的生意，她只这么想，便打消了坐在后座的念头。不再多想，日日夜夜往返的阿公何时会没载货物，载她去兜风。

我听大姑讲了好久，也不懂那年代的卖鱼人。我不记得阿公有买过什么玩具给我，曾经说要带我去吃麦当劳，但我那时便怀疑，要习惯说台语的寡言阿公说："快漏儿童餐。玩具要变形金光。"这也太难。

阿公没跟我这个长孙说过什么年轻时的事，最常叫我乖乖地做好本分，从小到大都如此。他死前三年，对我说："好好做。"我没想到那句重复多年的话，会是他跟我说的最后一句话。

太频繁说了，我早习以为常，以为还听得到。

"好啦好啦。"我回阿公。

也因如此，最后的对话我没记起细节、气味、脸庞什么的。甚至质疑自己，阿公的这句话，真的是最后一句话吗？阿公生命最后的三年，有意识却无法言语，还有想对我说什么吧，咿啊几声，没有意义，我都当成无声。我看着他的心电图，发出规律的哔响，当成话语。

我出生就是货车、保丽龙箱、冷冻冷藏的时代，没看过那台号称全乡第二台买入的摩托车（那时一台摩托车等于一栋透天厝），只记得阿公几次牵脚踏车回来的模样。他不曾骑脚踏车载我，那时已无货架，我难以想象他会将我放在脚踏车前方抱住我，或是我坐在后方抓住他衣服的模样。更别说温度了。

倚靠于背、环抱于胸是二轮车的载人模式，令人向往的是温度、味道与安心。幼年的我也倚靠在爸的背，与他紧靠的身体传来共鸣的声音，哈哈笑或是过近过远的扭曲话语。旅途一久，在他背上睡着了。倚靠于背，环抱于胸。到哪，多陌生都无所畏惧。

“这么想让阿公载喔？”我问大姑。

“要不，我载你？”我说。

蛇，鼠，和我那次死亡

我离开了家。不回去了。

我先是半死的鱼，又成了吞鼠的蛇。

终会活过来的，只是需要一点时间消化。

为了找一种不会叫、好照料的宠物，问过儿女，养了球蟒。

一个礼拜或两个礼拜喂一只老鼠。

我的球蟒还小，已经可以吃小白长毛乳鼠，老板说还可以吃冷冻的，但要退冰。球蟒可以喂鱼吗？不行。去买鼠，不用说什么小白无毛乳，只有买蛇回去前，老板耐心地展现专业，后来就只问：“小白？”“小乳？”

夹取鼠身，鼠几声如老旧刹车，有痛有叫，却不能放轻力道。鼠辈亦该轮回，丢入蛇的养殖盒。几秒，生杀安静，紧勒，含头，不会有声，不可能出声。鼠爪摆动几下，死了，第一次看，儿女知道鼠死了的瞬间，我们哑哑。四岁的儿子强说没事，六岁的女儿脱光衣服洗澡，我却感受乳鼠勒扭，无声在声带、在心。

一次是死亡，多次是日常。

我拿起刀背拍向活跳的海吴郭，第一下它还会跳，两下，三下，不跳了，晕了。打晕的声响是一下下的巴掌声。多拍几下，让客人拿到的杀好的鱼，不会因鱼脑仍有反应而多跳几下。修佛法、深信现世报的友人说我这样杀生会有果报，现世便会身体苦痛。

我没跟友人说我每次杀生，心脏总会抽痛，连带干呕。拔鳃、划肚、鱼死了又跳了一下，再挥击刀背，不适又来。像吊起咽喉，能呼吸，但空气中我仍然溺水，跟海吴郭一样无水窒息。咳几下之后，对自己说这些都没那么严重，拿下一尾鱼，从它脑门拍下。

一下是试探，多下便是必要。

放在我床边的电铃响了多声，晚上十点我还没睡，楼下的阿嬷不断地呼叫。我大喊，来了，她说她渴。一身水肿，身体排不出水仍然会渴，一身像气球吹胀褪色的模样，她更苍白了。上救护车前，背着与我差不多重的她，很重，没负重在腰背上，包裹全身，让人滞步的黏腻。

阿嬷会不会就这样死掉？我想，却不允许自己再多想一些。

一到医院，随即就来张病危通知，签名我签。说要洗肾插管什么的，我去跟阿嬷解释。

“嬷，等一下要手术。洗腰子，好吗？”

“不要。”

这对话重复三次，停止。床围的铁杆被我握热，啧，唉，我那些不耐。

“但医师说要开刀把你身体内的坏血坏水全都排出，你才会好，换新的你才会好。”

我知道这套说辞无法说服她，让她相信插管排出换入就会活起，变成一个新的她。

“我不要，你是谁？”她问。

“你是谁？志明？”她说。我不知道志明是谁。

“我恁孙啊。”一次比一次大声，急诊室都是我的声音，阿嬷仍说我是志明，要来抢夺财产。

“你看看我是谁啊。”

她看了，眼球外层灰蓝，斜眼和缓盖的眼皮，显露厌恶。我又说一次我的名字。

她握我的手，问现在在哪，可不可以回家。

医院。

为何在医院？

阿嬷你生病。

回家。

她要拔掉点滴，我反握她的手，说不行回家。

“你来骗家产的。”她说。

她不知道，家产早就没了。“说什么开刀，都来骗的。”

“骗。你是贼。”她指着我说。

点滴没滴，快溺死的人，不用喝水。

蛇扭紧鼠，无声地。

拍击脑门，鱼能听到声响吗？

直到爸来，她便安静。开刀洗肾，都说好。

她洗肾后，清醒了，记起孙子了，指定要我日夜顾她。不是让爸顾，她怕爸累。急诊室没有日夜，整天明亮。随她吃喝拉溺，拍背翻身，尿布擦澡度过时间。跟她的话语所剩无几，偶尔被问到为什么不好好读书，去考她觉得好的大学。我回，要帮家里卖鱼。

为什么不多帮一点？她说。

晚饭来了，我躲不了，不能说要去外面透气。我躲不了，她将要说出口的满嘴刻薄。饭不断塞入她口，拜托她不要说话，拜托。

满口的饭。

“汤。”几粒饭脱口落在厚被上。

喝了口汤。“你是不是很想要我死？”

“没啊。嬷，我没。”

要不我走，我离开。我说。耳边满是急诊室的嘈杂，要怎么死我还没想到，她盯着日光灯管，不说话了，装饭的汤匙过去，她仍吃。

鼠丢入蛇的盒子，鼠用嘴洗爪，蛇往反方向走，转头靠近便缠上。

周末回到家里的鱼摊帮忙，将阿嬷安置，喂饱，换好尿布，几个小时是工作也是自由。

好多尾活鱼，等待我杀。鱼还活着，从鱼头折断脊椎，可以多保鲜几天。我跟客人解释，这跟植物人一样，是植物鱼。他们笑，我没多久就将植物鱼杀死。

胸闷、脑晕，我过劳，一定是太久没呼吸到急诊室外的空气。

久溺的人。

我试过掐住自己到无法忍受，放松就想吐，呼吸还得重新习惯。

一次是死亡，多次就会习惯。

从鱼摊下班，总洗两次澡，到医院后，她只问："你有洗澡吗？"我不想说话。她撇身。在急诊室，两人不再说话，转到普通病房内两人仍无话可说。

出院回家，她闹说要买医院的电动床。买了，又说她需要我每日每夜的照顾，我只能做。"妈，请个外佣好不好？"姑姑问。"有他就够了，请外佣能干么？"她说。

偶尔会想起她谵妄的嘴脸，其实和清醒无异。她跟爸、姑姑说她死过一次，死在一场充满恶意的梦中，杀她的人是我。

说那是梦，我在一旁笑笑。

我死过几次了，在她心中。

好的孩子，坏的孩子。

她熟睡，我轻脚离开房间。

“要去哪？”她问。

“管我。”我说。

她继续睡，就算忤逆都不重要了。我无法好好与她说话，却在身旁听她呼吸。

她还好好地活，我希望她心中的我已真正地死去。

你知道吗？球蟒吞鼠，有好几天都不会动。太饱了，太撑了。一动不动，没有体温，还会呼吸。但消化过后，异常活跃。

你知道吗？喂食球蟒，得看鼠会不会反击。鼠会吃蛇的。或许是这样，她认为有害的，便得蜷紧闷死至无声，我成为多活的人，闷不死也活不好。

我离开了家。不回去了。

居住地变成故乡，偶遇她，她问我：“不回来了吗？”“不认这个阿嬷了吗？”问得如此戏剧。

你当我死了吧。我如此回，如此戏剧。

将活跳的海吴郭首折，脊椎断裂的瞬间，还活着没死。

将鼠勒住，吞入口中，还活着。

直到剖开鱼腹，刨出心脏。直到吞入蛇腹，胃液腐蚀。

直到真的好想好好活着，很想。

球蟒吞鼠后，不能跟它多玩，只怕它呕吐出来的鼠会划伤肠胃食道，活都活不好。

别吵它，身体内死了些什么，就长出些什么，蜷曲，安静消化。

会活过来的。

鱼贩孕事

中医师看我的脸说燥，摸脉象说湿，摸脊椎说歪。不要跷脚吃冰纵欲，吃甜吃咸吃辣也不要。

“活着是修行，懂吗？”他说。

“那么努力了，为什么都还没有？”在厕所的太太，不知是自言自语，还是在对我说。

努力，努力，再努力；奋斗，奋斗，再奋斗。

她在厕所预约挂号，讲电话的声音比平常温柔一些。她身体没有问题，我们都知道。

隔天，一进诊间，医师说起精液筛检的流程，跟我们约三天后送检体。禁欲三天，解放的那些不成为快感，是检体，是测试，所以不需要任何愉悦的余韵，装在无菌的透明小罐，原本二十分钟的路程，太太说快一点，十二分钟到。

透明小罐外多装一个夹链袋，拿起来比较不尴尬，我想。但柜台护理师一拿到检体，便戴起手套把夹链袋丢掉，夹链袋多余，她把检体放到后面的冷藏冰箱下方，上方有她们的五十岚。

“就这样？”

“还能怎样？三天后过来听报告。”护理师说。

读护理的太太与曾经读过医事检验的我，都看过精虫在显微镜下游泳，那时课堂上还征求检体，但没人敢给，装得一脸都没打过手枪的样子。为了怀孕，得把全身都检查过一次，关于为何不能着床，似乎连脚指头的问题也得发现。

“活动力不足，数量不太够啊。”回诊时，医师说。

“医师，怎办呢？”太太问。

“更常做？”太太想以量取胜。

“早睡早起多运动。”医师回。

好难。身为早市鱼贩，每天凌晨三四点早起。早睡，是要几点睡呢？至少八个小时，晚间七点睡。那时我晚餐都还没吃呢。

那晚，太太叫我八点就寝，她在客厅看着《冰与火之歌》，里头一名女角说：“You know nothing.”“睡不着啦，电视小声点啦。”我喊。

后来沟通到九点半睡。一两个月后，仍等不到验孕棒的一条线变成两条线，等不到的我看了更三条线。太太开始找中医，强精固体，不管多少钱的门诊都来一下。最后的选择为离家里最远的那家中医，中医师看我的脸说燥，摸脉象说湿，摸脊椎说歪。

“整组坏光光了。”我回中医师，走出诊间也这样跟太太讲。

“有救，至少你现在身体年龄是四十五岁，还没死。等等去地下室回春。”中医师回。

不要跷脚，不要吃冰，不要纵欲，吃甜吃咸吃辣都不要。

“活着是修行。懂吗？”他说。

很好笑吗？我心想。却配合干笑两声，内心只想请诊所喝手摇饮，每杯都全糖多冰。

太太跟我一同去地下室。

“你有什么问题？”我问太太。

“没有，医师说我很健康，叫我下来热敷子宫。”

“不能喝冰的？”

“对，这我知道。”她回。

“谁不知道，冰是万恶，冰会蚀骨。”

我躺在按摩床上，理疗师先冰敷，后热敷，接下来以很重的电动按摩器压滑过我的脊椎，一趟两趟。拉起我的手脚，晃几下啪几声。各种怪异的姿势，松开怪异难松的关节，惨叫几声，疗程一停，身体发酸，不知道是过度疲劳还是理疗师过度用力。

这样还不够，还得放血拔罐。

上衣卷起，在按摩床上等待中医师下来，有点冷有点害羞外溢的赘肉，太太还在旁边偷捏。中医师一下来，摸摸脊椎，说常搬重物喔，姿势不对喔，气血不通了少喝冰的啦。下针，戳几下，旁边助手用火将微黄的玻璃拔罐烧了几下，盖上戳针之处。

会有点痒，我以为只有那些痒。二十分钟，脸卡在按摩床的洞，只能看磨石子地的花纹，最好的声音是计时器的哔哔声。一听哔哔，疗程即将结束，助手大声说不要动，我却起身，吸附在身上的玻璃罐松脱，掉落地面后碎裂。

黑血滑出。

助手拿起两个塑胶袋套在鞋上，走过来将我身上的罐子拿起。“我有说不要动吧？继续躺着，等我擦干净再起来。”他抹布一抹，磨石子地都染红。

黑血的颜色跟鱼的中骨血一样，但活鱼的脊椎静脉血很鲜红，死了凝固才变黑。助手一下子处理好，可能很多人跟我一样吧。下一秒她的反应，又让我冷了些。“破纪录咧，你瘀血超多，你来看伤科的吧。等一下上去找医师。”

我笑，不好意思说我来看两人孕事的。

我更早睡了，我看到自己的黑血，记起中医师说“要改啊”的声音。三点起床时，太太睡嗓说不要让身体冷到。在二十五度的春天，还穿上背心，同业说我神经，我说我要生小孩不能冷啦。

“医师是不是叫你早睡不喝冰的？”他问。

“对呀废话。”

“很难受？过来人啦，很多男人都这样，怀孕后就没事了。”

“要摸冰怎么办，前辈？”刻意叫他前辈。

“不会戴手套喔。”

在鱼市里戴手套，要不受伤要不新手，我却戴了。太太做起每天的体温表，我在一旁记录我的睡眠时间，中医师的标准一日睡八到十小时，太太帮我取高标。晚上九点睡觉，半夜三点起床，中午一点下班，累计睡眠时间六个小时。

还差四个小时，哪里补？强迫自己在下午两点到六点之间睡眠。

起床吃早餐，工作，睡觉。起床吃晚餐，走一小时的路，睡觉。没什么时间想吃冰吃甜吃辣吃咸，连鸡排都戒了。这是健康的鱼贩生活吗？有够像我阿公退休之后的鱼贩生活。

那一条线始终不出现，我的健康生活不会停歇。

健康到很腻耶，我跟太太说。

太太臭脸，我只好又回到被窝继续睡。

又一次压过脊椎，乔骨，理疗师照了张相，说我身体比较直了。

我看不出来。

说我有个味道。

我鱼贩啊。

原来。

理疗师说起有个鱼贩客人也这样，他一说我便知道那鱼贩是谁。一个练得精壮、嗓门很大的大哥。“都外强中干。”我回。

两周一次放血，没有一次不浓稠不黑血，那黑血跟我喝的汤药一样。身体有比较不湿不酸吗？我摸自己的脉感受到心跳，医师说的我都没感觉。

“外表看起来都好好的，内里的血都已凝固。”我跟我太太说。

“喔。再几次就好了，忍一下。你有没有看到诊间里有很多 baby 的照片，还都是感谢状耶。”

那一晚，晚了点睡，为了例行公事。

哪一次例行公事才怀孕？我们不会记得。

怀孕之后，我不再去看那间中医，我没有去看我的血有没有变清澈透亮，没有去看我歪掉的脊椎。手从冰水桶中拿起几尾鱼，杀开剖腹掏出内脏，活肉还没死很久的鱼，血还没凝固成黑，刀尖挑出那些快黑的血。

清干净了，煮起来更不会有鱼腥味了。

清干净了，身体有好一点吗？我不知道，因为我现在又习惯十一二点睡觉，吃冰吃甜也吃咸。

血又黑了吧。

后记

感谢你能读到这里。这是一本回忆与现实交杂的散文集。我的第一本书。

《伪鱼贩指南》伪的是伪装却变成真正的鱼贩，指南是生活的片段。

两年前，还没得过奖的我写了一篇关于鱼市的散文。脸书上只有一两名共同好友的亚君姐来敲我问我写作的一些事情，没多久她跟我说来出书吧。我从来不曾想象有这一天，不管是现在的我或是当时的我。想着鱼贩生活有什么好写的，又没人写过。就因没人写过才要写吧。这是这本书的起头，而后发散出的问题是我身为一名鱼贩之外，还有什么？我们的人生中都有各种角色，我撷取了鱼贩生活、真实生活与回忆，构成了这本书。

本以为自己会先出小说，在这些构想之后，我决定先出散文，将自己的样子切成两块，散文的、小说的，有点像是现实生活的我，鱼贩的、写作者的。当然不只这几个面向，想说的事还很多很多。

我写小说，习惯把自己切碎散落在各个段落。我写散文，仍有些隐藏，但近于直面。我将更怨怼与阴暗的心灵，藏得更深，为了什么？我想跟读者说这些过去的事，我过去了一点点。

写作，最一开始是为了面对自己。虚构的故事，写的依旧是自己。我写散文，更像是问自己："你看到了什么呢？现实生活是怎样的世界呢？"

这样说好了，跟我两个孩子玩积木时，我总会先问孩子想做什么？恐龙或是城堡呢？他们埋头嵌榫每一块积木，最后的成品有时是抽象、难懂的。那时我才问这是什么呢？他们会说出他们的答案，我将那些积木保存，久了我看懂他们所说的答案，那些他们看到的世界。怪兽不是吓人的生物，只是长得奇怪，城堡不是巨大的建筑，反而更像是家。这些视角不会是幼稚或是与大人不同，更不是对事物的变形与不准确，而是他们看到什么。我的散文是我看到什么了，我在鱼市生活六年，在市场生活二十年了，接触的人很多很多，我不会摄影，不会画图。

会写作，能描绘我所看到的人们。

有些人知道自己被我书写，一定会说："我才不是那个样子。"我想跟他们说书写人们不是如实的镜子，就像是我自拍总觉得比镜子里的我丑一点。我想写的是我所看到的，虽然主观了些，但能知道一个人如何想象另一个人，是很有趣的事情。所以，各种书写都是各种想象，情书、家书、文字素描等。先别急着在书中找寻破绽或是说鱼贩才不是这样呢，慢下来看看这本书里头的我与人们的各种模样。

会互相靠近一点吧。我想。

正在阅读的你、我、书中那些出现的生命们与我生命之中还未书写或不能书写的人。

看到这里，已是这本书百分之九十九，百分之零点五献给寺尾哲也、+0、佳桦、阿里、亚君、小九、碧玲、逸华、想象朋友们、惠敏。落入俗套地说没有你们的帮忙，没有这本书。能吸收我的秘密并且展现温柔的寺尾、死线症加万物皆可聊的女子闺密 +0、缺乏正能量我就跑去找她的佳桦、阿里，你们被我不断用来试错（品管），这工作超累，但希望你们有得到建筑积木的乐趣。亚君把我从怀疑与自我批判的泥泞中拉出来碧玲姐、逸华哥让我觉得我自己的书写有更多的面向。我的编辑小九，谢谢你在很短的时间内编修我的散文。没有想象朋友，就没有今天这些字句。

剩下的百分之零点四，让我感谢生命中最重要的人：林瑾瑜、林序陶、林叙瓷。

每晚林瑾瑜都听我念着文字，敷衍或是傻笑都没有关系，只要你听我说就足够。

序陶、叙瓷，爸爸写出第一本书了，序是序言的序喔，叙是叙事的叙喔。

最后的百分之零点一，再跟你说声谢谢，记得买鱼时不要当奥客喔。

图书在版编目（CIP）数据

清晨鱼市与深夜书桌 / 林楷伦著. -- 北京 : 中译出版社, 2023.3

ISBN 978-7-5001-7365-6

Ⅰ. ①清… Ⅱ. ①林… Ⅲ. ①随笔—作品集—中国—当代 Ⅳ. ①I267.1

中国国家版本馆CIP数据核字(2023)第039861号

著作权合同登记号：图字 01-2023-0486

清晨鱼市与深夜书桌
QINGCHEN YUSHI YU SHENYE SHUZHUO

出版发行 / 中译出版社
地　　址 / 北京市西城区新街口外大街 28 号普天德胜科技园主楼4层
电　　话 /（010）68005858，68358224（编辑部）
传　　真 /（010）68357870
邮　　编 / 100088
电子邮箱 / book@ctph.com.cn
网　　址 / http:// www.ctph.com.cn

策划编辑 / 范　伟
责任编辑 / 张若琳
摄　　影 / 赖小路
封面设计 / 柒拾叁号
排　　版 / 柒拾叁号
印　　刷 / 北京盛通印刷股份有限公司
经　　销 / 新华书店

规　　格 / 880毫米 × 1230毫米 1/32
印　　张 / 7.75
字　　数 / 120千字
版　　次 / 2023年3月第1版
印　　次 / 2023年3月第1次

ISBN 978-7-5001-7365-6　　定价：59.00元